WAS IST PASSIERT? ANTWORTET!!
HUH? BLASEN...?
SIEH DIR DAS AN! DIE INSEL BRICHT AUSEIN-ANDER!
RMBBRMBB
SIE VERSINKT IM SEE!

TEAMS A UND B! RADAR UND SONAR AKTIVIEREN!
WO IST EGOS? IHR MÜSST ES FINDEN!
00:00
00:1
WIR KÖNNEN KEIN SIGNAL VON EGOS AUF DEN SCHIRM KRIEGEN...
TAK
TAKA
KA
TAK
KTAK!
SIE HABEN GE-RUFEN, O SCHWARZES ECHO, SIR?
WIR VERLASSEN DAS HOTEL!

ZUM GROSSEN BARRIER RIFF !!
VRMMMM
DA VORNE IST LICHT!
ZIEM-LICH LANGER TRIP... UND VER-DAMMT LAUT!

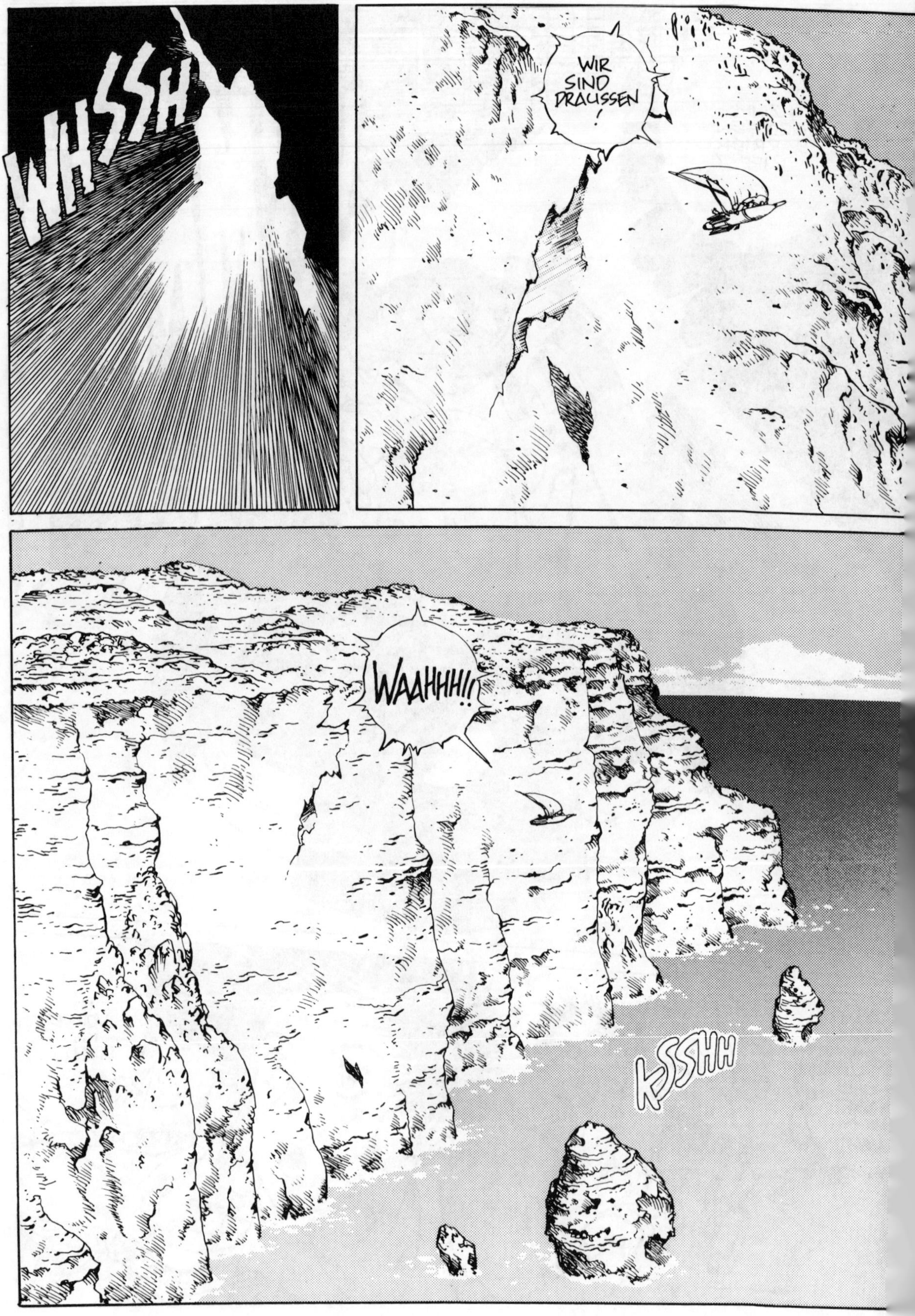
WHSSH
WIR SIND DRAUSSEN!
WAAHHH!!
KSSHH

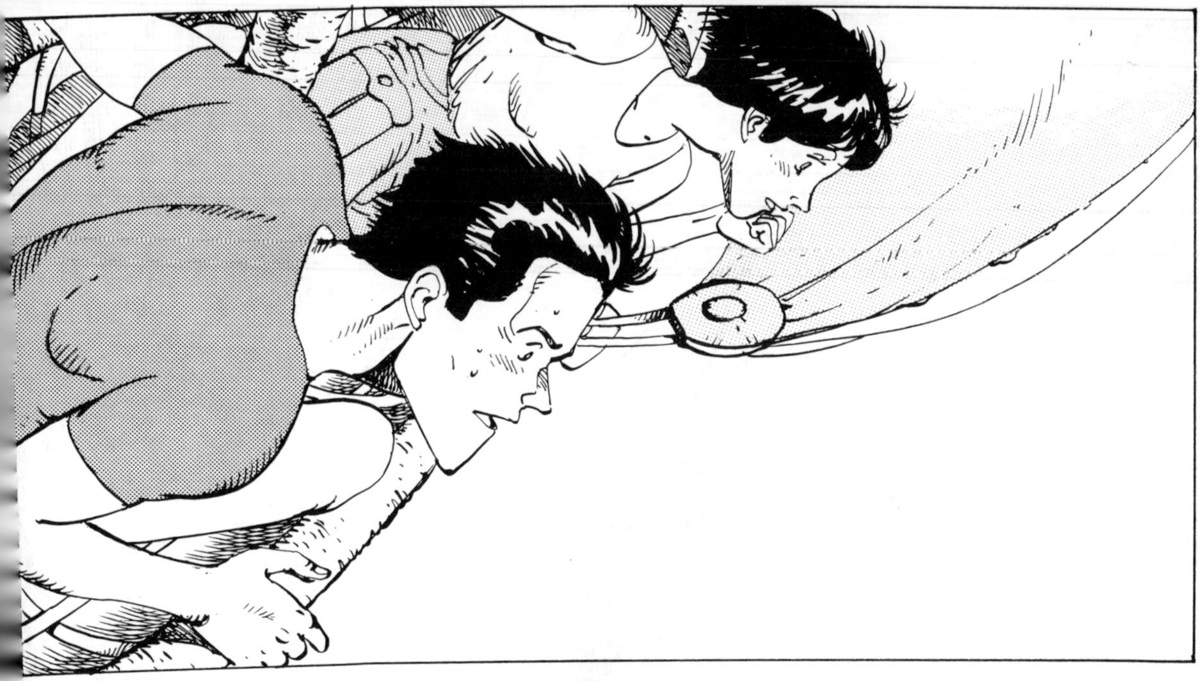

YAAHHH! DAS GIBT BRUCH!!

HEEH! DER BALLAST FÄLLT AB!
KCHAK
WHDD
URKS!
WAS FÜR EINE AUSSICHT! DEIN PAPI WAR EIN GENIE – JETZT GLAUBE ICH ES SOGAR!
WER SO EIN BOOT BAUT, **MUSS** EIN GENIE SEIN!
GLAUBST DU, DASS DA UNTEN HAIE SIND?

HA-
HAIE
?!
VERFLUCHT NOCH MAL! UND WAS JETZT? ZUM LAND GEHT'S IN DIE ANDERE RICH-TUNG!
WHSSHH
VERFLUCHT! WIE STEUERT MAN DIESES VERDAMMTE DING? ICH HAB' KEINEN BOCK, VON HAIEN VERSPEIST ZU WERDEN!
!?!
SKSSHH

WO SIND WIR EIGENTLICH?
DAS MUSS DER SPENCER GOLF SEIN, IN DER AUSTRALISCHEN BUCHT.
ICH WETTE, DASS DIESER TUNNEL VON WASSER GEFORMT WURDE, DAS AUS DEM TORRENS-SEE IN RICHTUNG SÜDEN ZUM SPENCER-GOLF FLIESST.
DIESER „NEBEL-FLUSS" HAT UNS VERDAMMT WEIT WEGGEBLASEN...
ICH MACHE MIR SORGEN UM PUNKY...
ACH WAS! DER KLEINE RACKER WIRD SCHON IN ORDNUNG SEIN!
FWAP FWAP
SCHÄTZE, WIR SIND JETZT DER GNADE DES WINDES AUSGELIEFERT...
NICHT GANZ! LASS MAL SEHEN... AN WEN SOLL ICH EIN S.O.S. SENDEN?
DER COMPUTER!
HÄ, HÄ, HÄ... NA KLAR!
DER VERSAUT EINEM DEN GANZEN SPASS!
HEH?
WHD
URKS! MUSS EIN HAI SEIN! WO IST ER? ES IST AUS MIT UNS!
DAS IST MERKWÜRDIG...

WAAHH!!

BWHOOSHH

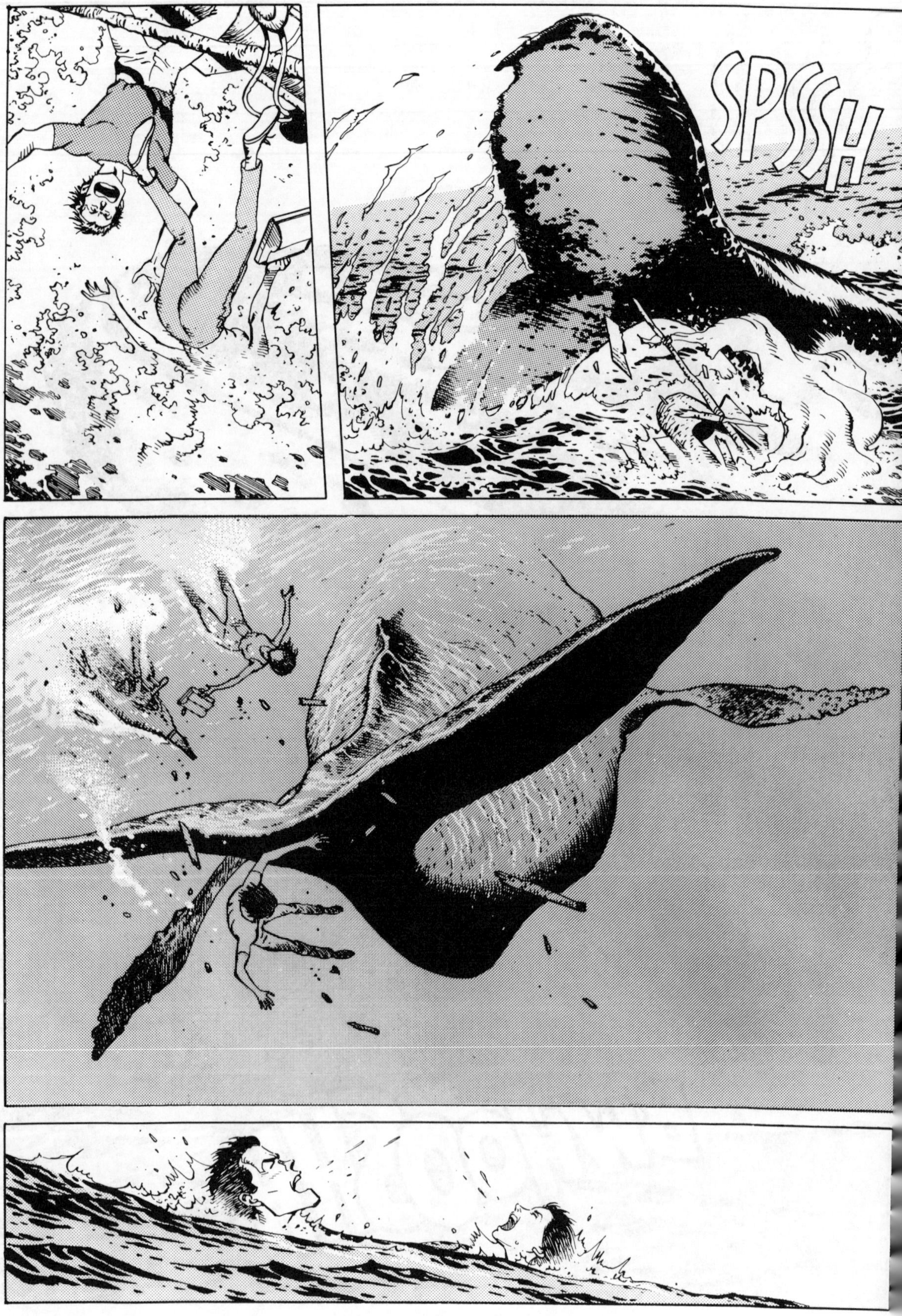
SPSSH

WELCH ANBLICK! EINE SCHULE VON FÜNF BUCKELWALEN!
PUTT PUTT PUTT
!
AHÄRR... GEH UND HILF DIESEN MERKWÜRDIGEN FIGUREN, DIE AUF DEM RÜCKEN JENER WALE DORT GESTRANDET SIND!
HURTIG NUN, BEVOR DIE HAIE SICH AN IHNEN GÜTLICH TUN! HAR, HAR, HAR...
WAS WÜRDE ICH NUN FÜR EINE HARPUNE GEBEN?! SIEH, WIE SIE DIE WELLEN BRECHEN!

PFUUH... DANKE!
DIESE BUCKEL-WALE SIND EIN LUSTIGES VÖLKCHEN.
BEIM HERRGOTT. DIE HABEN EINEN MÄCHTIGEN AUF-SCHLAG...
„AUFSCHLAG"...?
ER MEINT, WENN SIE MIT IHREN FLUKEN AUFS WASSER SCHLAGEN...
SMAK!
SO ETWA...
WENN DER WIND AUFFRISCHT UND DAS WASSER AUFPEITSCHT, DANN HABEN DIESE TIERE ES GEWISS NICHT LEICHT, MITEINANDER ZU PLAUDERN.
WALE KÖNNEN REDEN...?!
SIE MACHEN IRGENDWIE GERÄUSCHE VORNE IN IHREN KÖPFEN... SO REDEN SIE.
MIT DIESEN PRÄCHTIGEN AUFSCHLÄGEN SENDEN SIE IHREN GE-FÄHRTEN IN ANDEREN GESTADEN BOTSCHAF-TEN!
AYE, VER-DAMMT VIELE TUMMELN SICH HIER! UND VERSENKT MICH, WENN DIE NICHT ALLE AUF DEM WEG NACH NORDEN SIND...
NACH NORDEN?
ZUM GROSSEN BARRIER RIFF!
VER-FLUCHT NOCH EINS! WANN GIBT'S MITTAG?

BUCKELWALE WANDERN NORMALERWEISE IM FRÜHLING GEN NORDEN ZUM GROSSEN RIFF... AUGUST ODER SEPTEMBER... ABER VERDAMMICH, WIR HABEN DEZEMBER...
UND NOCH MEHR ERSCHEINT MIR SELTSAM: SEIT KURZEM WERDEN AUCH WEISSE DELPHINE AUS DEM FERNEN JAPAN UND BELUGA-WALE AUS DEN EISIGEN NORDLÄNDERN AN JENEM RIFF ERSPÄHT.
UND VERGISS DIE NIXE NICHT!
HAR, HAR, HAR... AYE, DAS WICHTIGSTE VERGASS ICH GLATT!
NI-NIXE? HEH, GLAUBST DU...
NAHE DEM GROSSEN BARRIER RIFF...?
HUNDERTTAUSEND HEULENDE HÖLLENHUNDE, SCHENK UNSEREN GÄSTEN ETWAS TINTENFISCH-RUM EIN!

ÖHMM ... WAS SIND DAS FÜR KLEINE DINGER DA DRIN ?
AUGEN VOM TEUFELS-FISCH !
TRINKT AUS, UND WIR SIND FREUNDE FÜRS LEBEN !
ÄH ... UND WENN WIR NICHT ...?
DANN VERFÜTTERE ICH EUCH AN DIE HAIE !!
SCHÄTZE, WIR TRINKEN BESSER ...
JAWOLL !
HAR, HAR, HAR ... NUN SIND WIR FREUNDE ! WILLKOMMEN AN BORD DES STOLZEN SCHIFFES TOTEN-KOPF ! LANGT ZU !
RÜLPS
ICH HEISSE KÄPT'N PEPI !
ÖRKS
HI, HI.
WAS IST SO KOMISCH ?!
DAS IST EIN ZIEMLICH NIEDLICHER NAME FÜR EINEN PIRATEN-KAPITÄN !
JAAH ! HA, HA ...

THUK
IHR RÄUDIGEN HUNDE! IHR WAGT ES, MICH ZU VERLACHEN, DEN TEUFEL DER HOHEN SEE?!
AHRrr... VERFLUCHT SEIEN MEINE LANGE VERBLICHENEN ELTERN, DIE MIR DIESEN ÜBLEN NAMEN GABEN...
GENUG DAVON! WAS HABT IHR MIT EUREM KOMISCHEN BOOT IN DIESEN GEWÄSSERN ZU SUCHEN?
UND MACHT'S KURZ! ICH BIN EIN GESCHÄFTIGER MANN!
NUN, DAS IST EINE RECHT LANGE GESCHICHTE...
KRZZ...
MMPF
HUST
JA... AUSSERDEM IST DIESES BOOT AUCH GANZ SCHÖN KOMISCH...
WAP
ATLANTIC
OCEA
SOUTH AMERICA
DIE TOTENKOPF IST EIN SCHIFF, KEIN BOOT! PAH! WAS KÜMMERN MICH ÜBERHAUPT DIE GESCHICHTEN VON LANDRATTEN!?
MEINEREINER BESEGELT DIE SIEBEN MEERE! GOTT VERDAMMICH, KÖNNTE ICH SAGEN, WANN ICH ZULETZT EINEN FUSS AN LAND GESETZT HABE.
ICH SCHÄTZE MAL, DASS IHNEN SEEKRANKHEIT ABGEHT, WAS?
ÖRKS!
ICH WURDE ERWÄHLT, DER HERRSCHER DER MEERE ZU SEIN!
HÄÄH?!

VOR KAUM MEHR ALS EINEM JAHR, DA WAR ICH NOCH EIN MITTELLOSER FISCHER, DEM ALL SEIN GELD BEIM SPIELEN VERLUSTIG GING. EINES TAGES, ALS ICH HUNGRIG DEN STRAND ENTLANGWANDERTE, ASS ICH ETWAS SEETANG, WIE ICH IHN NOCH NIE ZUVOR GESEHEN HATTE.
UND DA – DIREKT VOR MEINEN AUGEN – ERSCHIEN JÄH EINE WUNDERSCHÖNE MEERJUNGFRAU. OBEN HAUT SO WEISS WIE MARMOR, ABER UNTEN DIE SCHUPPEN EINES FISCHES. JAWOHL, UND SIE SPRACH ZU MIR.
„WENN DU ZU MIR KOMMST IN EINEM GROSSEN SCHIFF, DANN WERDE ICH DIR ZEIGEN, WO DU DIE **GOLDENE MUSCHEL** FINDEN KANNST…"
UND DANN SAGTE SIE: „SPIELE IN DER LOTTERIE UND TIPPE DIESE ZAHLEN…" UND SIE SCHRIEB SIE IN DEN SAND, JAWOHL. ICH HATTE MEINE ZWEIFEL, ABER DENNOCH VERSUCHTE ICH ES… UND WAS GESCHAH?! GERADE DIESE ZAHLEN GEWANNEN DEN JACKPOT!
A-1234567

SEIT ICH DIESES SCHIFF ERSTAND, SEGELTE ICH 40.000 SEEMEILEN AUF DER SUCHE NACH DIESER MEERJUNGFRAU!
UND BEIM BLUTE JESU CHRISTI, NUN ERFÜLLT MICH DAS GEFÜHL, DEM ZIEL ENDLICH NAHE ZU SEIN! HAR, HAR, HAR...
WHDD
GNZZ
SRZZZZ
ZEIT FÜR DAS NICKERCHEN DES KÄPT'NS.
ICH WETTE, DASS DAS IRGEND SO EINE SCHMUGGELGESCHICHTE IST...
GONGGG
NEIN! DIES IST KEIN SCHMUGGELBOOT!
DAS IST MAO, UNSER MECHANIKER UND KOCH.
初次风面。
WIE ES GEHEN?

KAPITÄN PEPI ETWAS SELTSAM, GANZ SICHER, ABER ES WAHR, ER FISCHER IN KOPENHAGEN GEWESEN!
KOPENHAGEN? DÄNEMARK? DA STEHT DOCH DIE SKULPTUR VON ANDERSENS MEERJUNGFRAU, ODER?
VOR EINEM JAHR, ALS ER GEWANN IN LOTTERIE, ER KAM ZU MEIN LADEN. GANZ GLÜCKLICH, GANZ BETRUNKEN, FIEL HIN UND SCHLUG AUF MIT KOPF. DANACH ER BEGANN ZU REDEN VON MEERJUNGFRAU.
ER FRAGTE MICH, DEN LADEN ZU SCHLIESSEN UND MITZUKOMMEN ALS ERSTER MAAT.
ALS DER KAPITÄN MICH AUFGABELTE, ARBEITETE ICH IN EINEM SOUVENIRSHOP AUF DER KÄNGURUHINSEL. DA WO ALL DIE SEELÖWEN LEBEN!
ICH BIN EIN RICHTIG ECHTER AUSTRALISCHER ABORIGINE!
YAAHH!

WHSST!
GUT GEFANGEN!
ICH MUSS SCHON SAGEN, IHR SEID WIRKLICH EIN GESELLIGER HAUFEN!
LEBEN NICHT SCHLECHT. KAPITÄN ZAHLT GUT, UND SEGELN AUF WELLEN SEHR ENTSPANNEND.
IHR SUCHT NACH EINER MEERJUNGFRAU, NICHT? NUN JA, DAS TUN WIR AUCH! BITTE NEHMT UNS DOCH MIT ZUM GROSSEN BARRIER RIFF!
WAS, DU AUCH GEFALLEN AUF KOPF, WIE KAPITÄN?
HUH?

R LINE
PIEP
PIEP
TAK TAK
EMPFANGSMODUS
CODE NR: JA-0315
VON: EIKO HIGURE
PIEP
EMPFANGSMODUS
LIEBER HERR OSAWAGI, ICH BRAUCHE IHRE HILFE. WIR HABEN PUNKY AM UFER DES TORRENS-SEES ZURÜCKLASSEN MÜSSEN. BITTE BENACHRICHTIGEN SIE MEINE VERMIETERIN MARGARET TELEFONISCH UND ERZÄHLEN SIE IHR DAS. SIE WIRD SICH UM IHN KÜMMERN. HERR HAPPO UND ICH SIND NUN AUF DEM WEG ZUM GROSSEN BARRIER RIFF. ICH WERDE SPÄTER WIEDER KONTAKT MIT IHNEN AUFNEHMEN. - - EIKO
TACKA TACK
TACK TACK
SENDEMODUS
LIEBE FRAU HIGURE, ICH HABE JAPAN VERLASSEN, UM MICH IHNEN ANZUSCHLIESSEN. ICH BIN NUN AUF DEM WEG ZUM TORRENS-SEE. ICH HABE IHRE NACHRICHT WEGEN PUNKY ERHALTEN. ICH WERDE MICH DARUM KÜMMERN UND DANN ALS NÄCHSTES ZUM GROSSEN BARRIER RIFF REISEN.
DAS GROSSE BARRIER RIFF ... DA MUSS IRGENDWAS VOR SICH GEHEN ...
MÖCHTEN SIE ETWAS TRINKEN ?

WIMPEL: „LANDWIRTSCHAFTLICHE VEREINIGUNG"

VRMMMMMM
NUR NOCH FÜNF KILOMETER BIS CAIRNS, SIR.
CAIRNS
N
TACKA TACK TACK
BEEP
VREEP
BERICHT VOM SCHWARZEN UFER, SIR.
WIR HABEN DREISSIG RADARSTATIONEN ENTLANG DER AUSTRALISCHEN KÜSTE EINGERICHTET UND BEOBACHTEN ALLE FLUSSMÜNDUNGEN UND DIE OFFENE SEE IN EINEM RADIUS VON 100 KILOMETERN. ZUSÄTZLICH PATROUILLIEREN FÜNF SCHNELLBOOTE UND DREI HELIKOPTER DIE GANZEN 200 KILOMETER ENTLANG DES GROSSEN BARRIER RIFFS.
×10

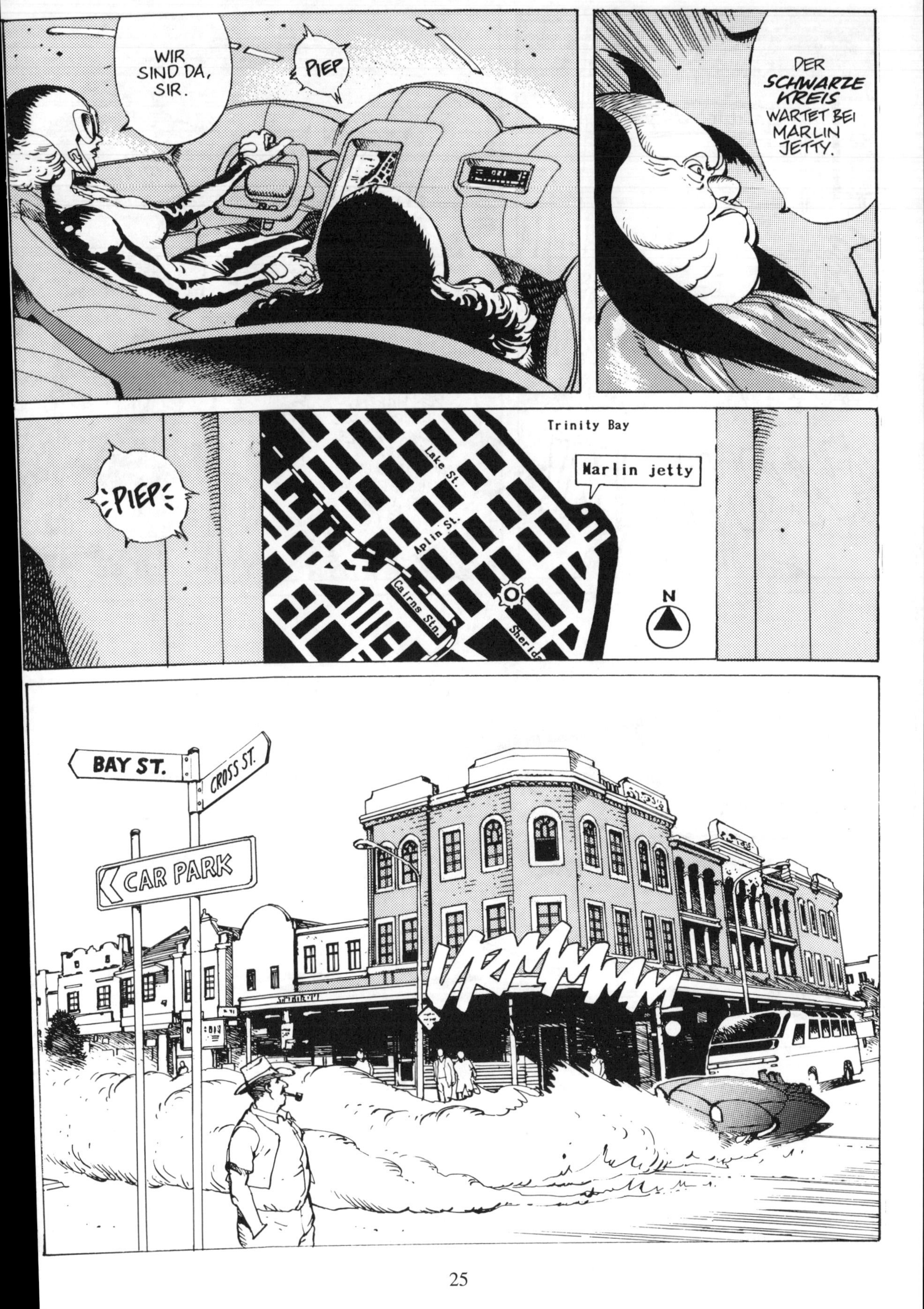
WIR SIND DA, SIR.
PIEP
DER SCHWARZE KREIS WARTET BEI MARLIN JETTY.
PIEP
Trinity Bay
Marlin jetty
Lake St.
Aplin St.
Cairns Stn.
N
BAY ST.
CROSS ST.
CAR PARK
VRMMMMM

MARLIN JETTY
SPRAKK
VRMMM!
VRMMM
WHDD
VERLASST DEN HAFEN, SOBALD IHR DAS SCHWARZE NEST AUS DEM LKW HINTER UNS GELADEN HABT!
?
SKOSSHH

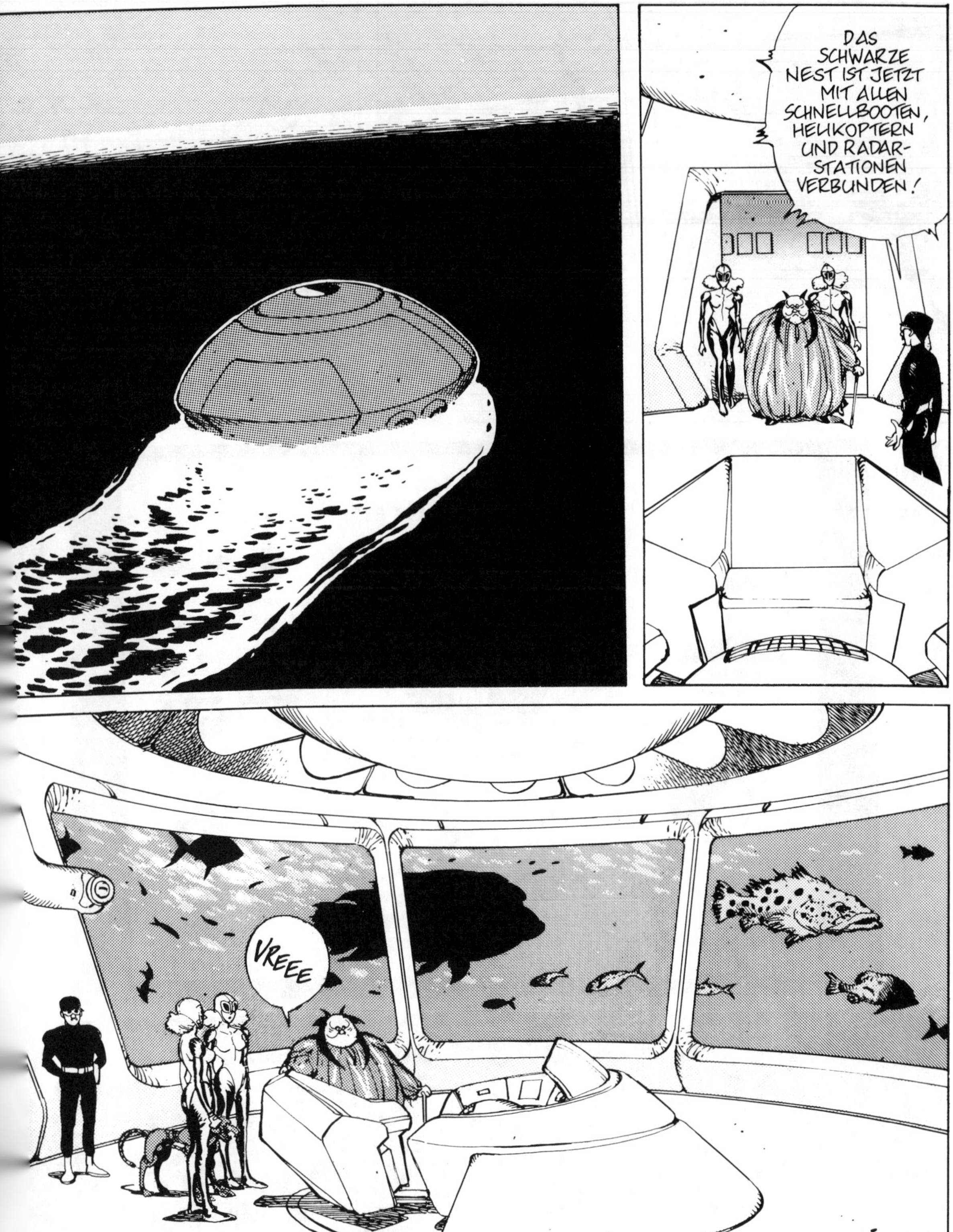
DAS SCHWARZE NEST IST JETZT MIT ALLEN SCHNELLBOOTEN, HELIKOPTERN UND RADAR-STATIONEN VERBUNDEN!
VREEE

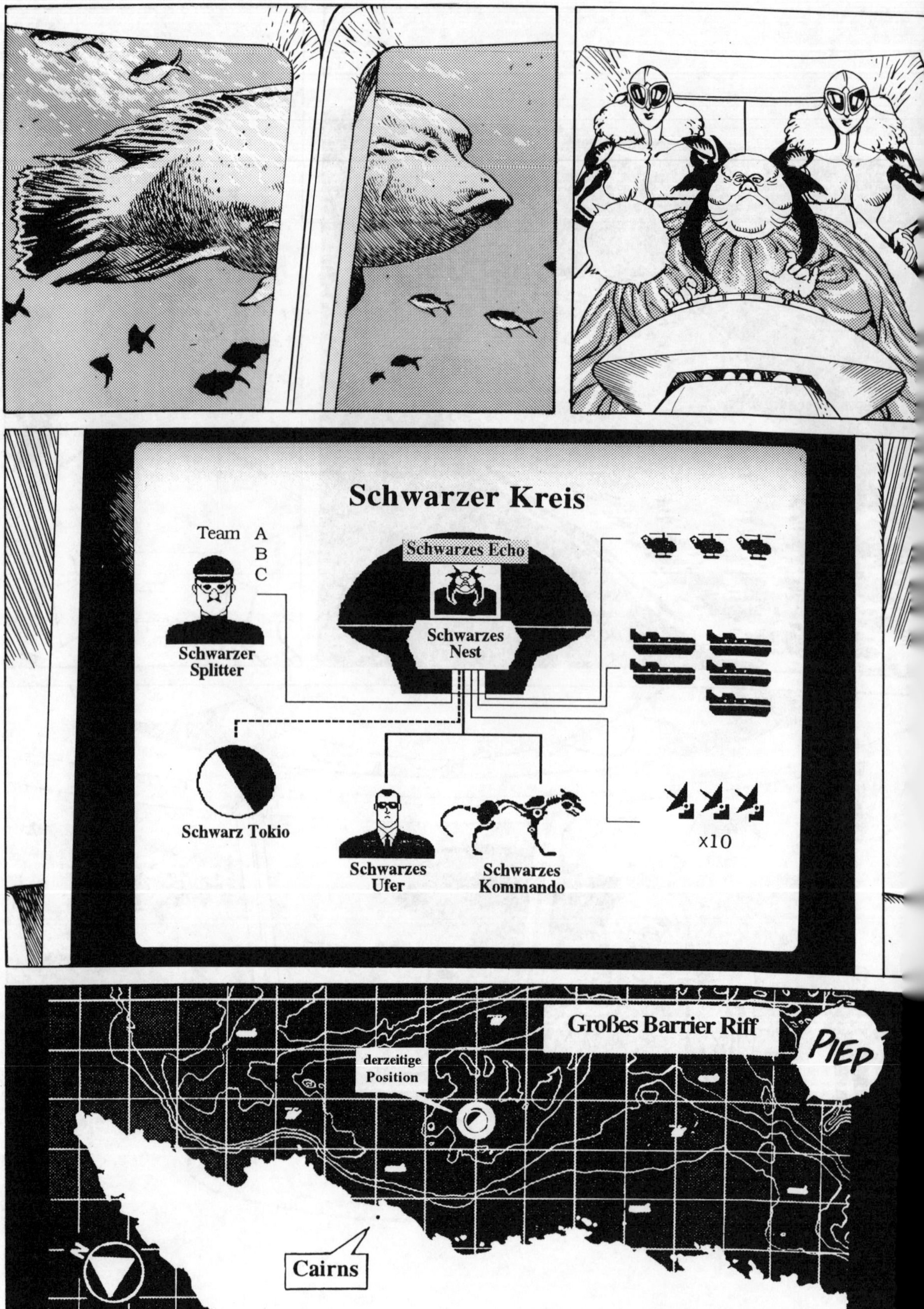
Schwarzer Kreis
Team A B C
Schwarzer Splitter
Schwarzes Echo
Schwarzes Nest
Schwarz Tokio
Schwarzes Ufer
Schwarzes Kommando
x10
Großes Barrier Riff
PIEP
derzeitige Position
Cairns

OOOH!
WOOAH!
BRMMM
SIEH DIR ALL DIE DELPHINE AN !!
GREAT ADVENTURES
GREAT ADVENTURES
REEF KING
WOOAAHH!

PUTT PUTT PUTT
GEHT'S DIR BESSER ?
MEIN MAGEN IST VOLLKOMMEN LEER. ÖRKS ...OOOUAHH...
KÄPT'N PEPI MEINT, DASS WIR DAS RIFF IN ZWEI TAGEN ERREICHEN, SO GEGEN MITTAG.
ZWEI TAGE... ?
WHD
OOOUAHH...
AHOI! DA IST EIN POTT-WAL !!
KBLOOSH
MIR DÜNKT, AUCH ER IST ZUM RIFF UNTER-WEGS!

AHHHH, SEHT SIE EUCH AN! BEI MEINEM SCHWUR, DIES SCHEINT EIN GUTES OMEN!
SIE VERSAMMELN SICH, UM DER KRÖNUNG VON MIR, KAPITÄN PEPI, ZUM HERRSCHER DER MEERE BEIZUWOHNEN!
MEINE GÜTE, DER KÄPT'N HAT SIE WIRKLICH NICHT ALLE. DER GLAUBT DOCH WIRKLICH, DASS ER EINE NIXE HEIRATEN WIRD. ODER WAS IN DER ART...
WAS HÄLTST DU VON DIESEM MOTOR? ZIEMLICH GROSS...
ICH SAGTE DOCH, DASS DAS EIN SCHMUGGLERBOOT IST. ALL DIESE PFERDESTÄRKEN SIND GANZ NÜTZLICH, WENN MAN SCHNELL ABHAUEN MUSS...
ÖRKS...
SIEH... DAS IST SO WUNDERSCHÖN!

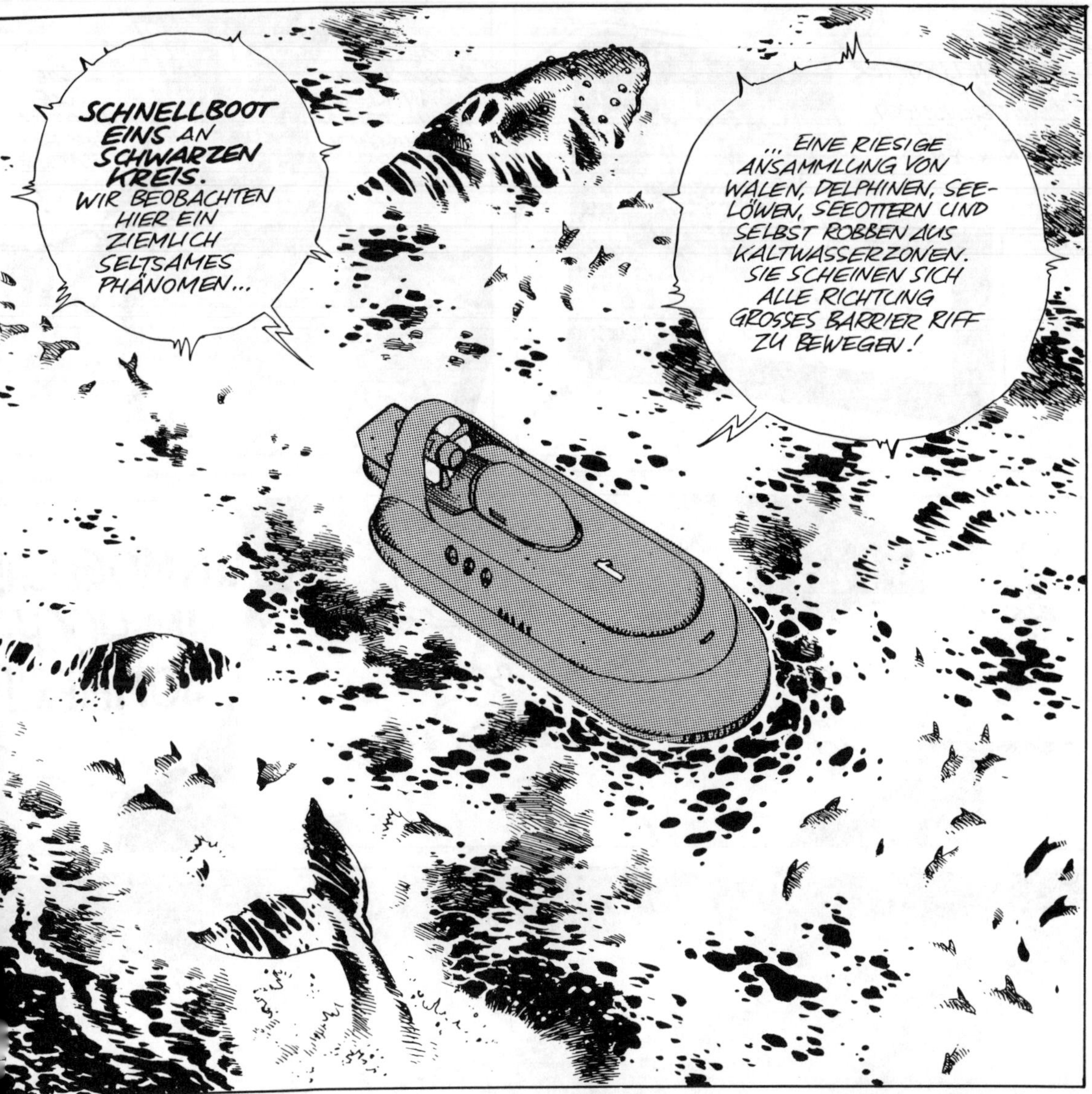
SCHNELLBOOT EINS AN SCHWARZEN KREIS. WIR BEOBACHTEN HIER EIN ZIEMLICH SELTSAMES PHÄNOMEN...
... EINE RIESIGE ANSAMMLUNG VON WALEN, DELPHINEN, SEE-LÖWEN, SEEOTTERN UND SELBST ROBBEN AUS KALTWASSERZONEN. SIE SCHEINEN SICH ALLE RICHTUNG GROSSES BARRIER RIFF ZU BEWEGEN!

DAS SIND ALLES ARTEN VON MEERES-SÄUGERN... IN DER TAT SEHR SELTSAM.

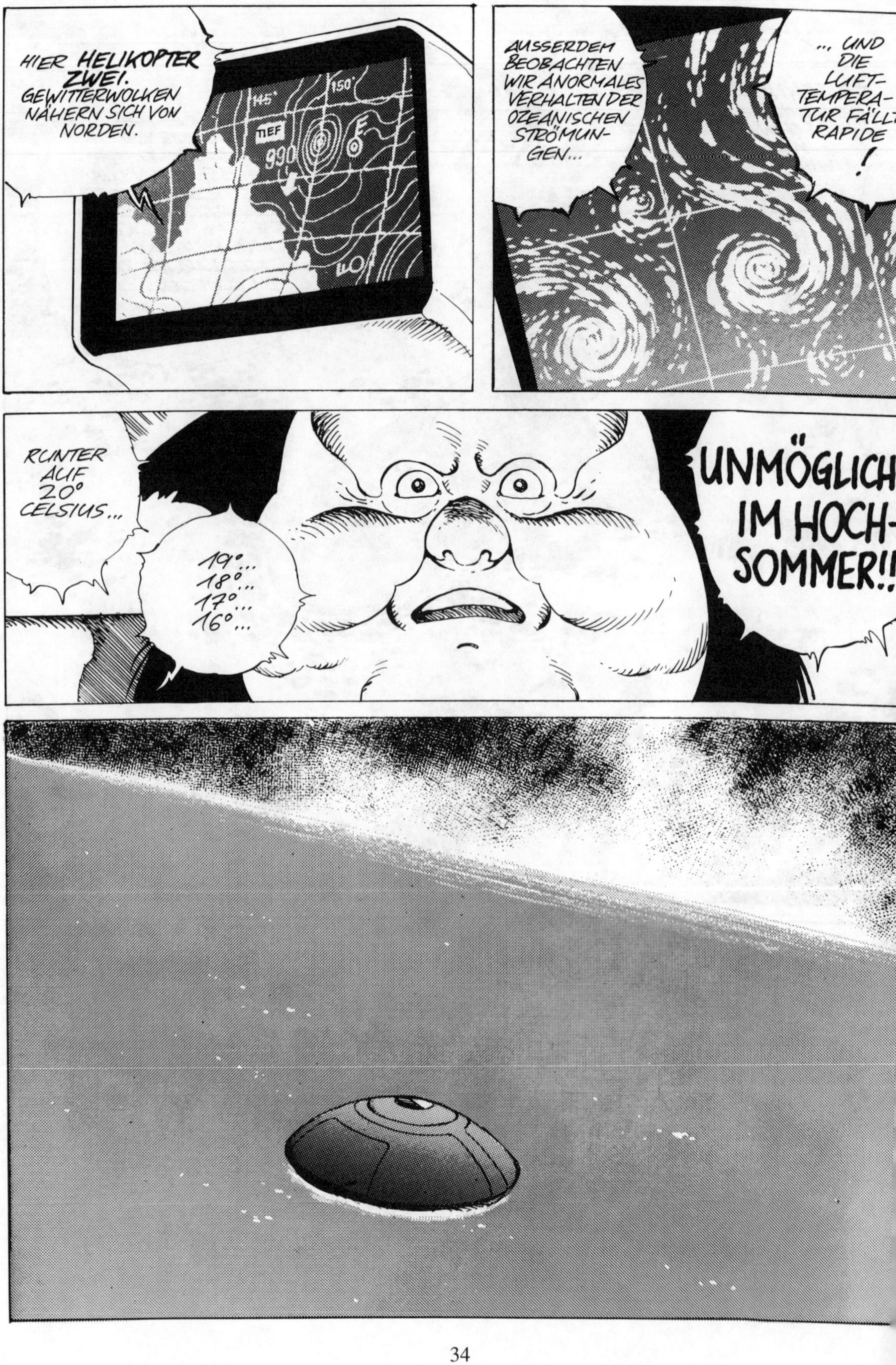
HIER HELIKOPTER ZWEI. GEWITTERWOLKEN NÄHERN SICH VON NORDEN.
TIEF
990
AUSSERDEM BEOBACHTEN WIR ANORMALES VERHALTEN DER OZEANISCHEN STRÖMUNGEN...
... UND DIE LUFTTEMPERATUR FÄLLT RAPIDE!
RUNTER AUF 20° CELSIUS...
19°... 18°... 17°... 16°...
UNMÖGLICH! IM HOCHSOMMER!!

TACK TACKA TACK
VATER!
SENDEMODUS
KLIK
EMPFANG BEREIT
ICH FRAGE MICH, WARUM HERR OSAWAGI SO SICHER WAR, DASS MEIN VATER NOCH AM LEBEN IST. WENN ER LEBT, WO IST ER DANN JETZT? UND WAS MEINTE ER DAMIT, IN EINER „ANDEREN FORM" WEITER-LEBEN?
EGOS... DU RUFST WEITERHIN MEINEN NAMEN. ABER JEMAND ANDERES RÄT MIR FORTZULAUFEN. BIST DU DAS AUCH? ODER...
KÖNNTE ES SEIN...
NEIN... DAS IST UNMÖG-LICH!
PIEP
EGOS ENTWICKLUNG AUFZEICHNUNG DATEI A-I
EIKO...
MPFANGSMODUS

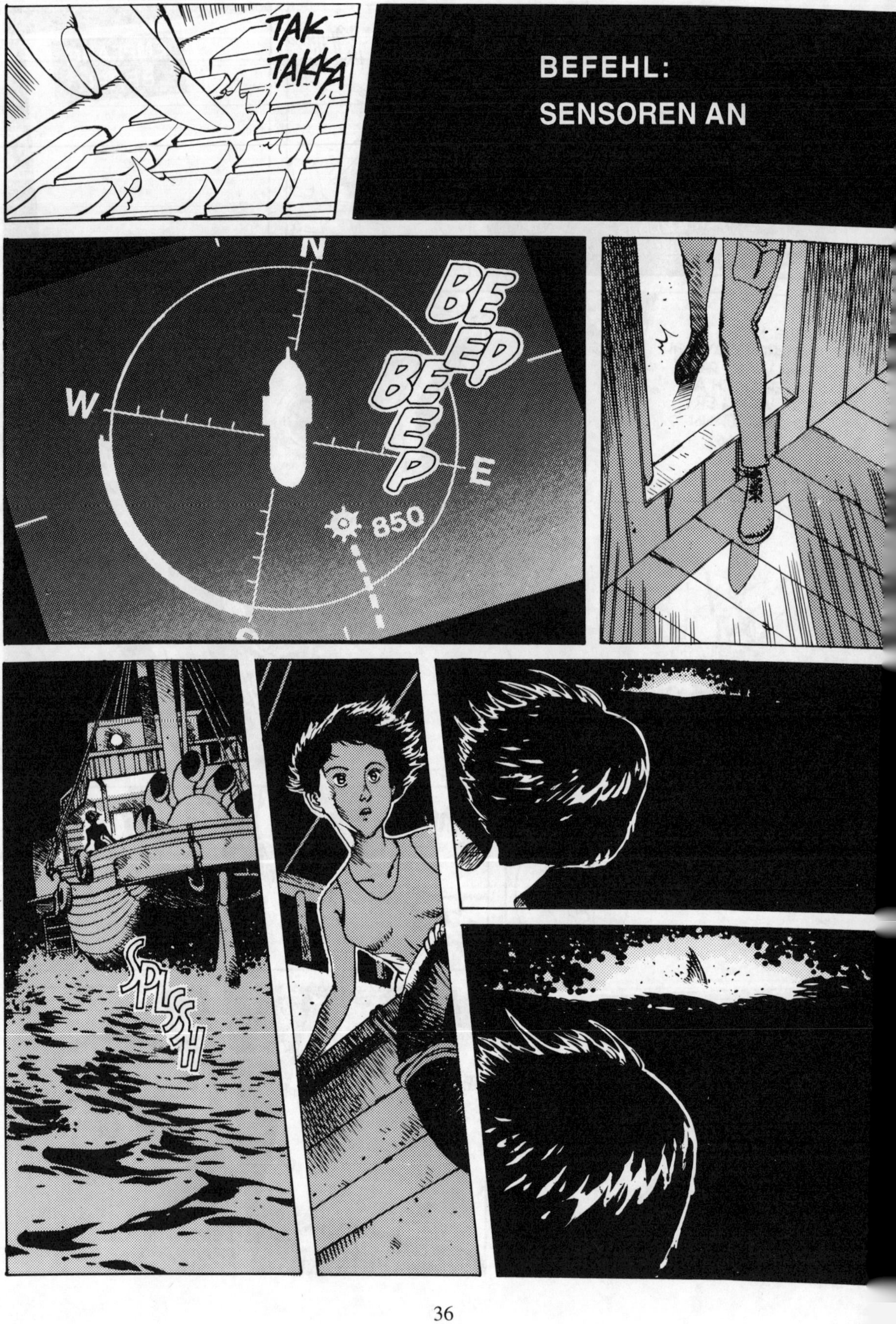
TAK
TAKKA
BEFEHL:
SENSOREN AN
N
W
E
BEEP
BEEP
850
SPLSCH

SKSSHHH
EGOS!!
ES BEWEGT SICH RICHTUNG RIFF...

TACK
TACK
TACKA
VATER VATER
VATER VAT

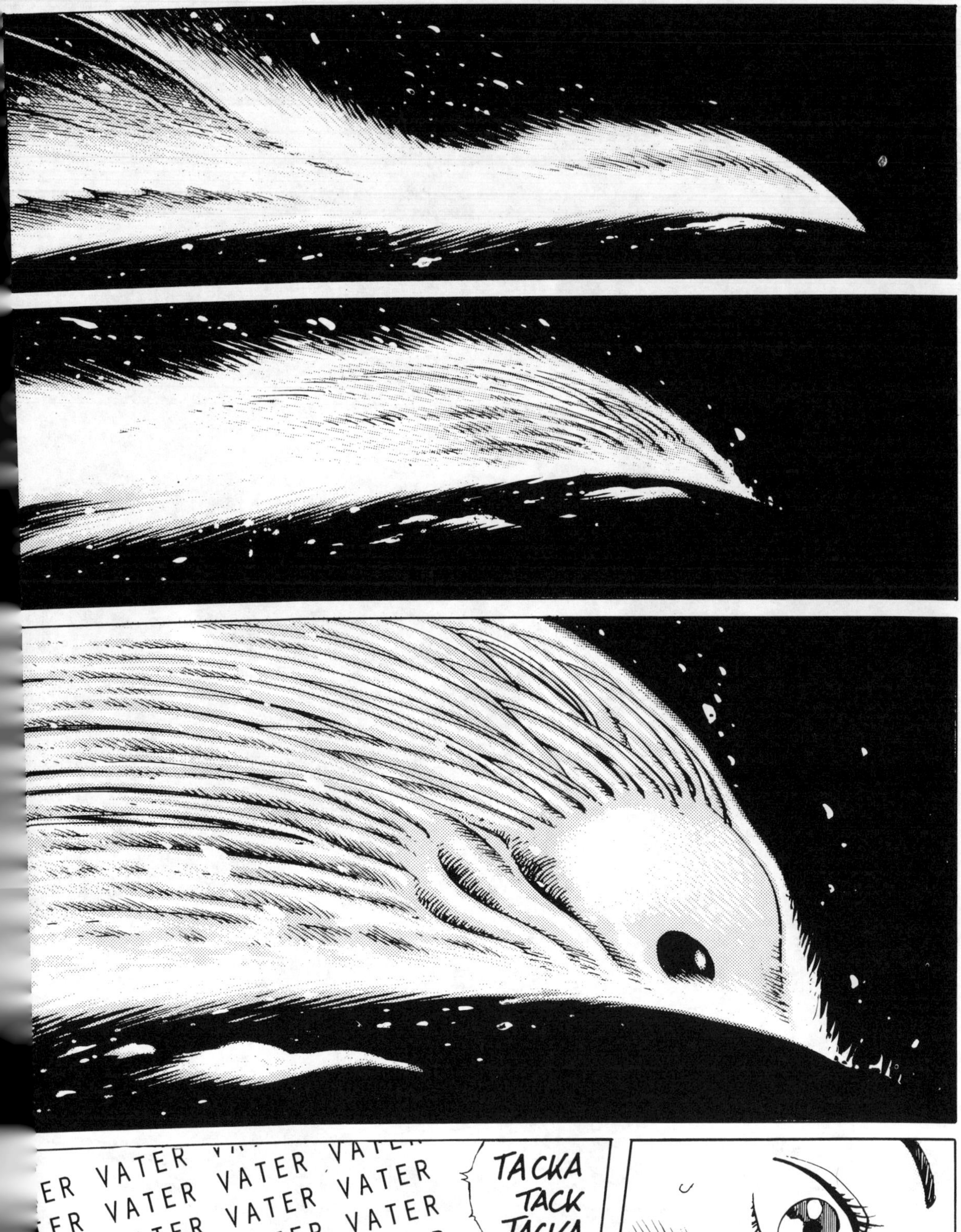

VATER
ER VATER VATER VATER
ER VATER VATER VATER
TER VATER VATER VATER
TER VATER VATER VATER
ATER VATER VATER VA
ATER VATER VATER VA
ATER VATER
TACKA
TACK
TACKA

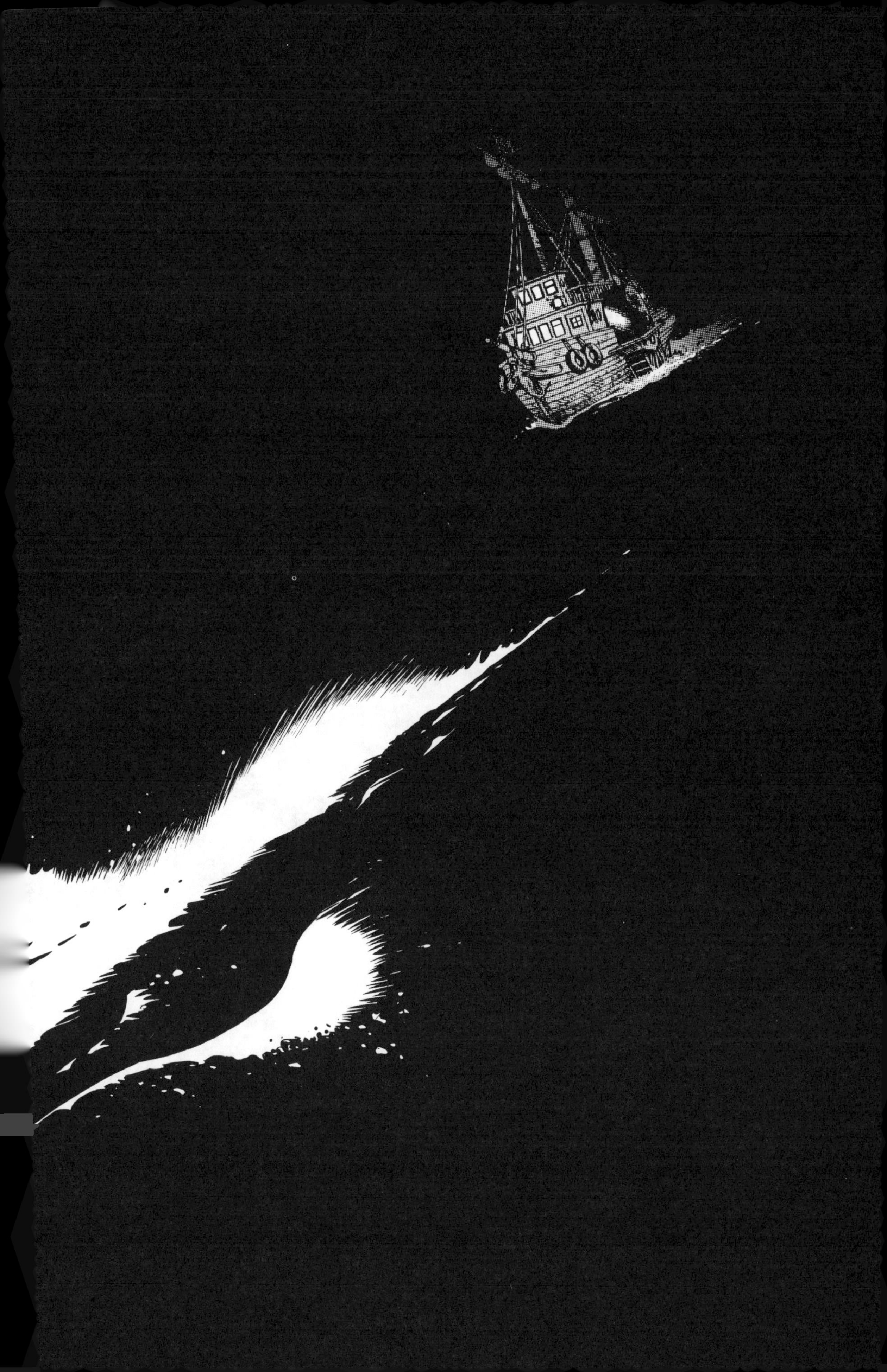

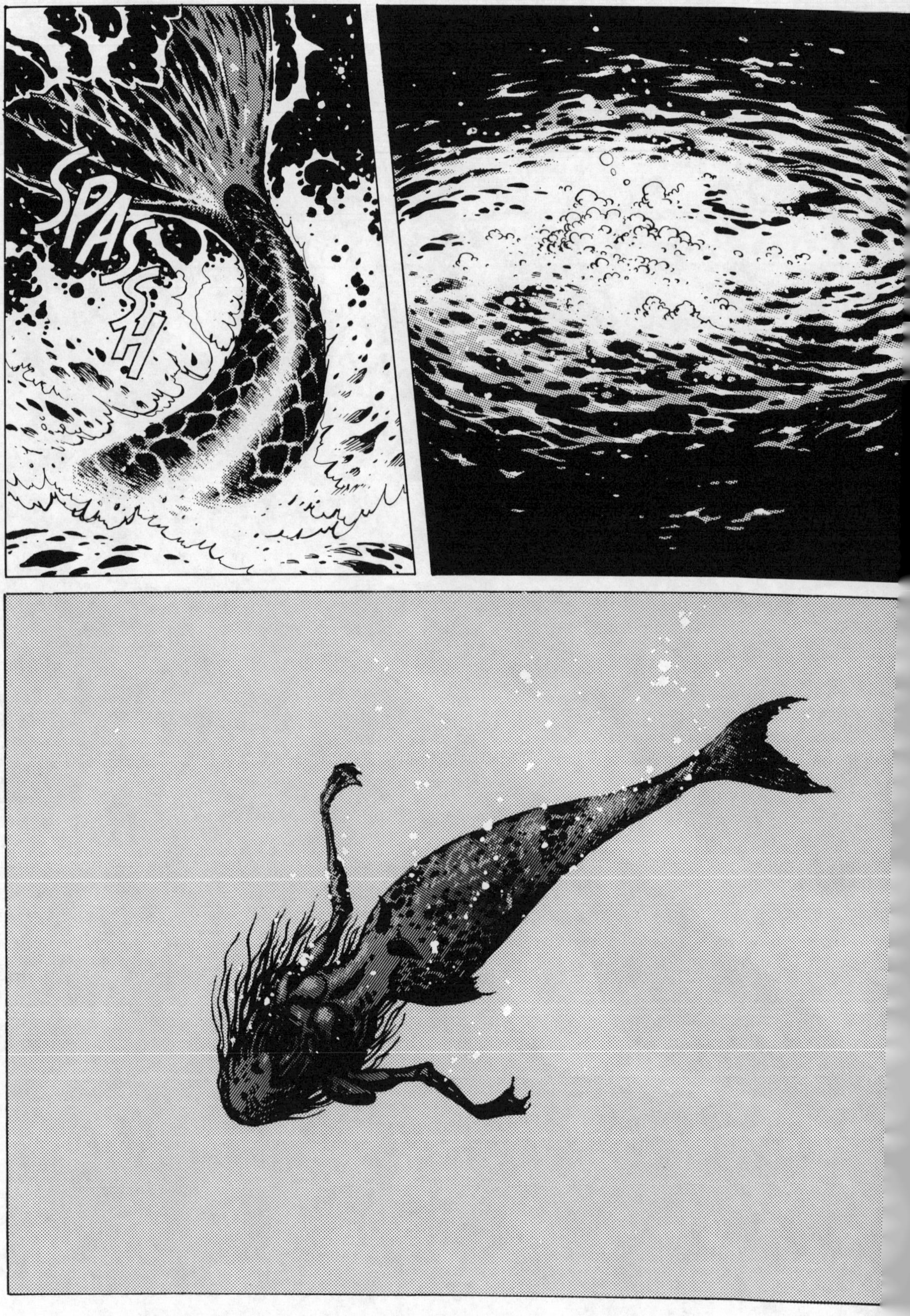
SPASSH

ZZZ
AUTOMATIC
VATER VATER VATER VATER
VATER VATER VATER VATER VATER VATER
VATER VATER VATER VATER VATER VATER
VATER VATER VATER VATER VATER VATER
VATER VATER VATER VATER VATER VATER
VATER VATER VATER VATER VATER VATER
VATER VATER VATER VATER
PIEP
EIKO.......
TACK
TACK
TACK
TACKA
VATER!
BIST DU DAS??

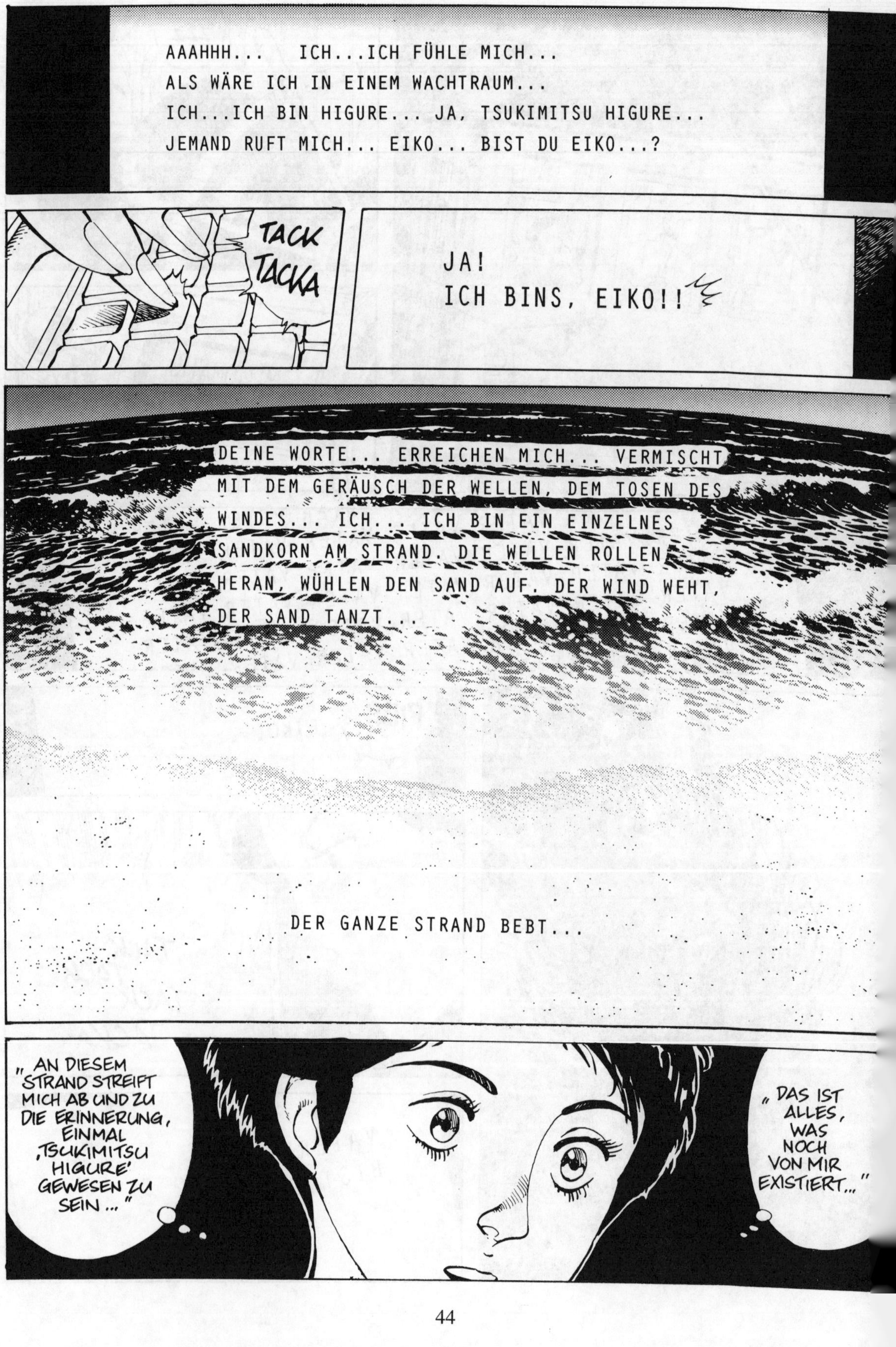

AAAHHH... ICH...ICH FÜHLE MICH...
ALS WÄRE ICH IN EINEM WACHTRAUM...
ICH...ICH BIN HIGURE... JA, TSUKIMITSU HIGURE...
JEMAND RUFT MICH... EIKO... BIST DU EIKO...?
TACK TACKA
JA!
ICH BINS, EIKO!!
DEINE WORTE... ERREICHEN MICH... VERMISCHT MIT DEM GERÄUSCH DER WELLEN, DEM TOSEN DES WINDES... ICH... ICH BIN EIN EINZELNES SANDKORN AM STRAND. DIE WELLEN ROLLEN HERAN, WÜHLEN DEN SAND AUF. DER WIND WEHT, DER SAND TANZT...
DER GANZE STRAND BEBT...
„AN DIESEM STRAND STREIFT MICH AB UND ZU DIE ERINNERUNG, EINMAL ‚TSUKIMITSU HIGURE' GEWESEN ZU SEIN ...“
„DAS IST ALLES, WAS NOCH VON MIR EXISTIERT...“

EGOS IST EIN WEITER, SANDIGER STRAND.
EINE WELLE NACH DER ANDEREN BRICHT SICH
DER WIND WEHT OHNE UNTERBRECHUNG
IMMER MEHR UND MEHR SAND SAMMELT SICH AM STRAND
EIKO...
ALS DU KLEIN WARST HABE ICH DICH OFT MIT ZUM MEER GENOMMEN
ES GIBT SO VIELE DINGE, DIE ANS UFER GESCHWEMMT WERDEN...

SPLSSHH
AAAAH...
DEINE WORTE...
VERSTREUEN SICH, WERDEN FORTGEWEHT...
KWHOOSH
VATER !!
AAAAH...DER WIND ERHEBT SICH WIEDER
DIE WELLEN WERDEN ZU SCHAUM...
AAAAH...
STRAND...
SAND...
ICH...
EIKO EIKO EIKO

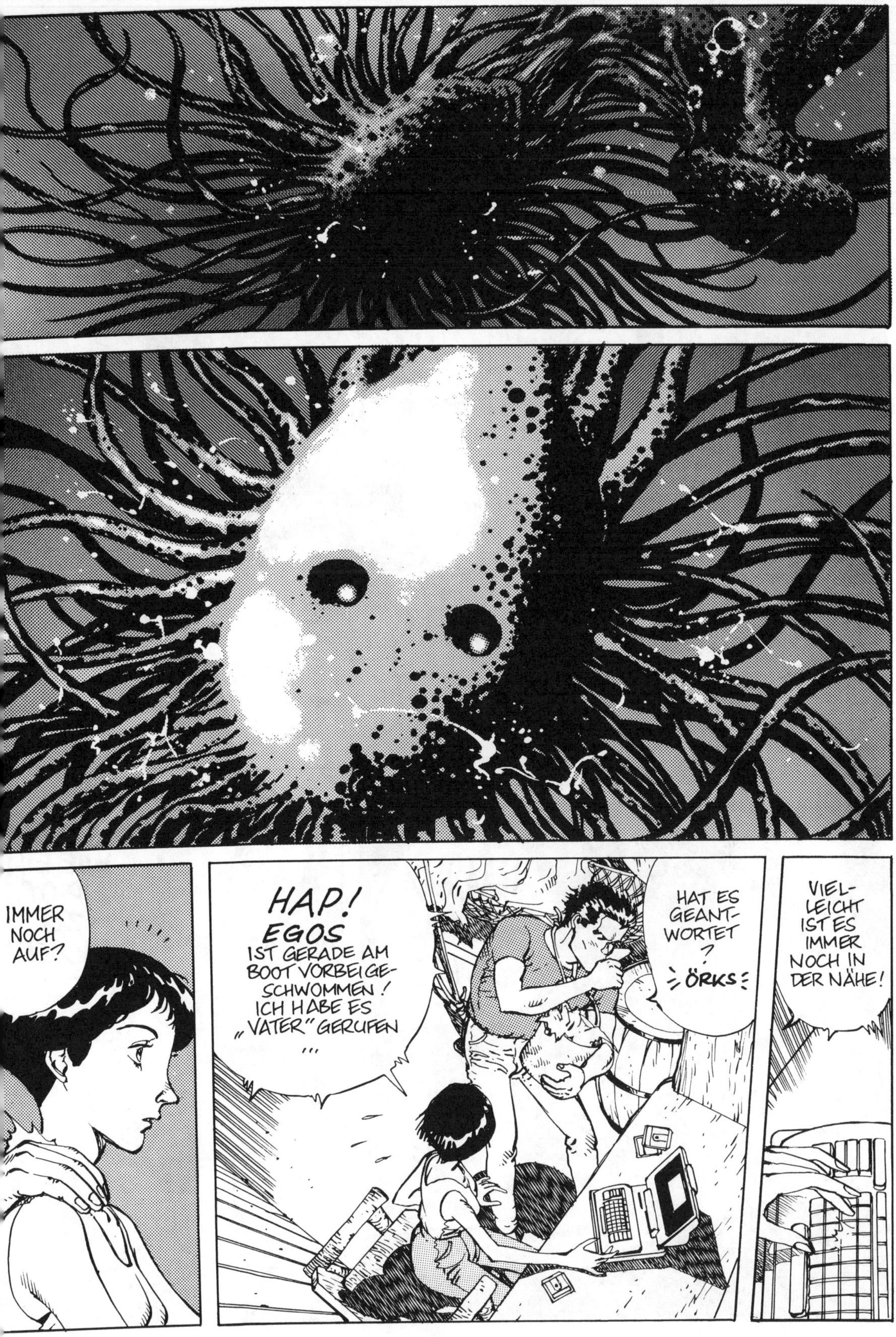
IMMER NOCH AUF?
HAP! EGOS IST GERADE AM BOOT VORBEIGESCHWOMMEN! ICH HABE ES „VATER" GERUFEN ...
HAT ES GEANTWORTET?
ÖRKS
VIELLEICHT IST ES IMMER NOCH IN DER NÄHE!

BEEP
N
-990
S
OUT
-342
0.00
ES BEWEGT SICH AUSSER REICHWEITE ...
NUN WARTE DOCH MAL EINE SEKUNDE... DU BEHAUPTEST, DASS EGOS DR. HIGURE IST?!
JA UND NEIN... MEIN VATER LEBT IN EGOS WEITER!
WIE BITTE ?!
HAA, HAA, HAA, HAA...!
DU MACHST DOCH WITZE.
ES ENTHÄLT DIE GEDANKEN UND ERINNERUNGEN MEINES VATERS ... SEINEN VERSTAND!
„DER VERSTAND VON DR. HIGURE" ... IN EGOS, WAS?
HAA, HAA HAR, HAA... YUU, HEE, HEE!
HÖR AUF, WIE EIN IDIOT ZU LACHEN!!
...
MEINEM VATER MUSS KLAR GEWESEN SEIN, DASS ER NICHT MEHR LANGE ZU LEBEN HATTE.

UND DAHER BEGANN ER, SEINE GEDANKEN AUF DIESER DISKETTE ZU SPEICHERN, WÄHREND ER PARALLEL DIE AUFZEICHNUNGEN ÜBER **EGOS** ANFERTIGTE.
ER WUSSTE, DASS **EGOS** SCHLIESSLICH ZUGRIFF AUF DIE DISKETTE ERLANGEN UND DIE GEDANKEN MEINES VATERS IN SEINE DATENBÄNKE LADEN WÜRDE ...
SEINE GEDANKEN... WIE EIN TAGEBUCH?
MEHR ALS DAS ... ER GAB EIN, WAS IMMER IHM IN DEN SINN KAM, ÜBERMITTELTE SEINE GANZE PERSÖNLICHKEIT IN DEN COMPUTER...
TAKKA TAK

... WEIL ER WUSSTE, DASS EGOS JEDEN FETZEN WISSEN AUFSAUGT, DEN ES ZU FASSEN KRIEGT ...
ÖÖRPSS
URRGG
A-ABER HUST GLAUBST DU WIRKLICH, DASS MAN ETWAS WIE DEN GEIST EINES MENSCHEN EINFACH SO MIT EINER TASTATUR EINGEBEN KANN?
GLAUBST DU WIRKLICH, DASS DIE PERSÖNLICHKEIT DEINES VATERS AUS DEM INNEREN VON EGOS MIT DIR SPRICHT, SO ALS WENN DER GUTE DOKTOR HÖCHSTPERSÖNLICH DARIN LEBEN WÜRDE?
ICH MEINE, DASS GENAU DAS PASSIERT! WEIL DAS PHYSISCHE WESEN VON EGOS DIREKT AUS DEM WISSEN GEFORMT IST, DAS ES AUFNIMMT.
ALS WÜRDE SEINE SEELE IM INNERN VON EGOS' KÖRPER LEBEN, WAS?
HLRGG
BAAFF
HACK
JA, GANZ GENAU!
OOOOG...
D-DANN SOLLTEN WIR ES VIELLEICHT „DR. EGOS" NENNEN ...

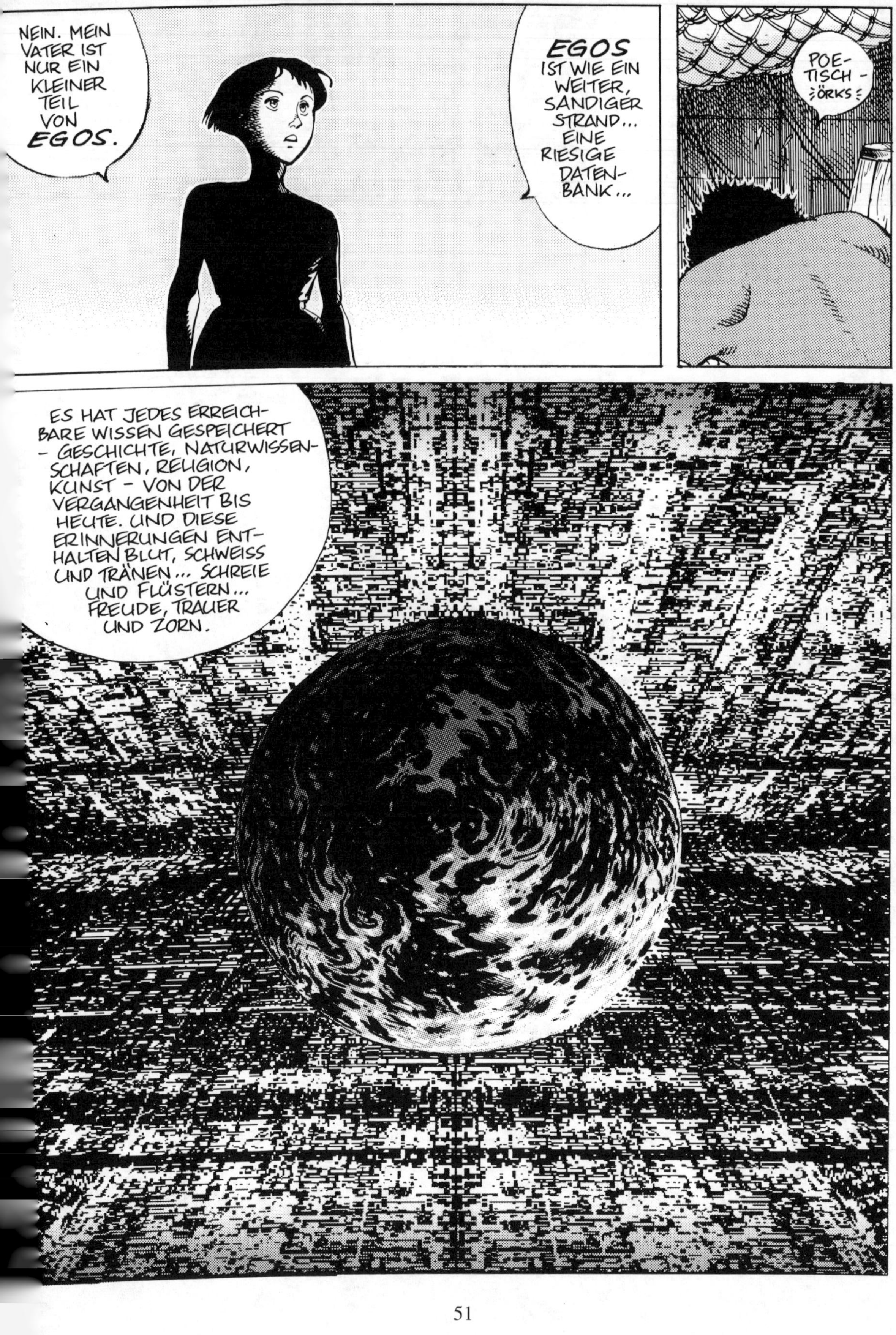
NEIN. MEIN VATER IST NUR EIN KLEINER TEIL VON EGOS.
EGOS IST WIE EIN WEITER, SANDIGER STRAND... EINE RIESIGE DATEN-BANK...
POE-TISCH-ÖRKS
ES HAT JEDES ERREICHBARE WISSEN GESPEICHERT - GESCHICHTE, NATURWISSENSCHAFTEN, RELIGION, KUNST - VON DER VERGANGENHEIT BIS HEUTE. UND DIESE ERINNERUNGEN ENTHALTEN BLUT, SCHWEISS UND TRÄNEN... SCHREIE UND FLÜSTERN... FREUDE, TRAUER UND ZORN.

ALLES, WAS MALER IN LICHT UND SCHATTEN DARGESTELLT HABEN... WAS DICHTER IN DIE ZEILEN IHRER VERSE GEWOBEN HABEN... WAS MUSIKER DURCH NOTEN AUSDRÜCKTEN... ALLES, WAS IN BÜCHERN, ZEITUNGEN UND MAGAZINEN GESCHRIEBEN WURDE - SELBST DAS EINSAME GESCHWÄTZ ANONYMER MENSCHEN IN COMPUTER-MAILBOXEN...
ALLES, WAS IRGENDWER ZU ALLEN ZEITEN AUF DIESEM PLANETEN AUFGEZEICHNET HAT...

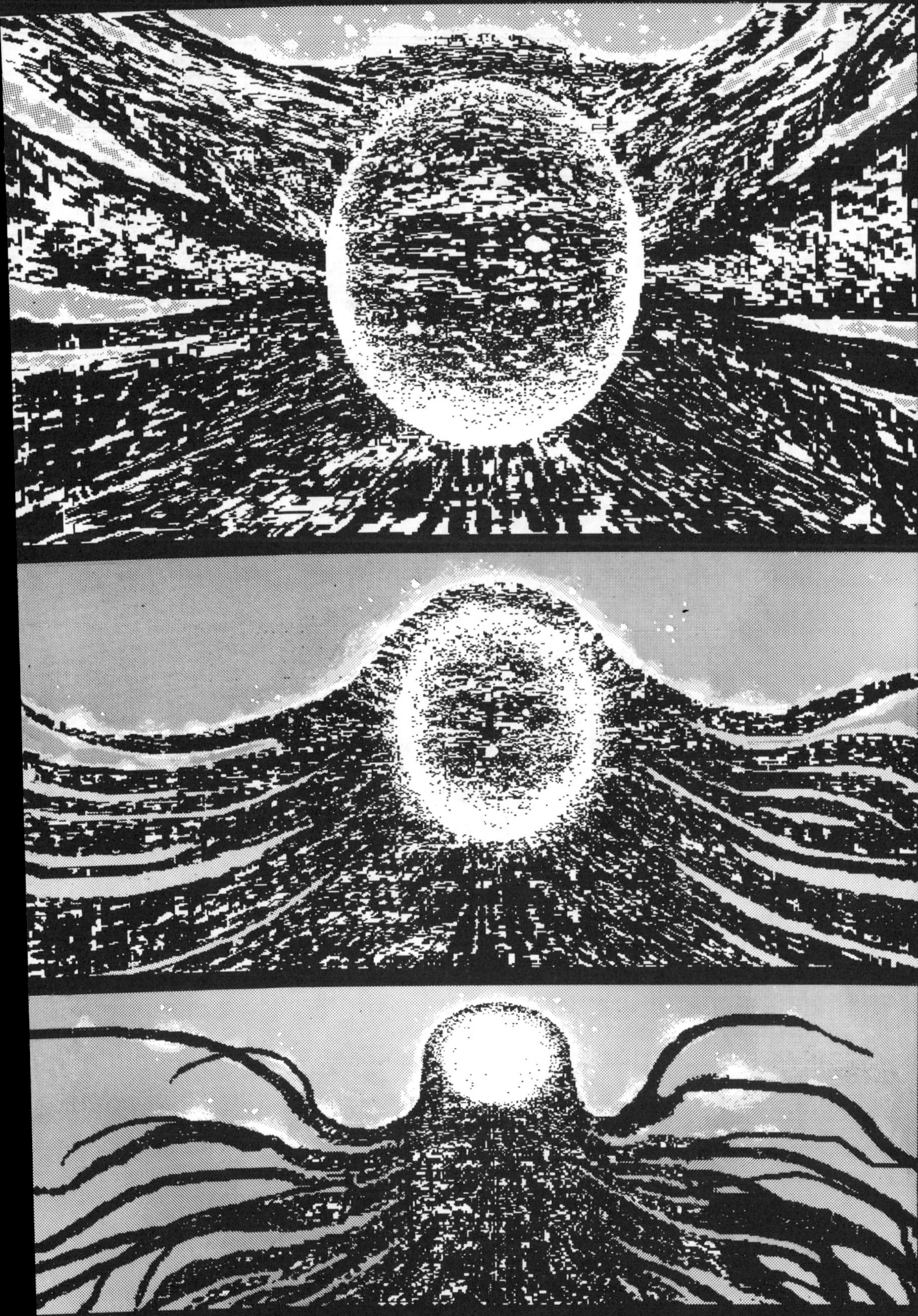

ODER, UM ES ANDERS ZU SAGEN...
... DIE GEDANKEN UND SEELEN PRAKTISCH ALLER MENSCHEN, DIE JE GEBOREN WURDEN, SIND IM INNERN VON EGOS WIEDER ZUM LEBEN ERWECKT WORDEN!
ZUMINDEST DIE IN DEN DATENBÄNKEN!
DAS MACHT MICH GANZ SCHWINDELIG. ICH MUSS AN DECK, ETWAS LUFT SCHNAPPEN...
TROTZDEM... ICH RAFF'S NOCH NICHT. WIE KRIEGST DU AUS DIESER RIESIGEN DATENBANK EINE ANTWORT VON DR. HIGURE, WENN DU „VATER" EINGIBST?
DA MÜSSEN DOCH FANTASTILLIONEN „VÄTER" DRIN SEIN...
DENK DOCH AN ALL DIE VÄTER IN ROMANEN UND FILMEN, DIE EGOS GESPEICHERT HAT... WARUM ANTWORTET DENN KEINER VON DENEN?
DARAUF WEISS ICH KEINE ANTWORT.
ABER ICH WEISS, DASS ES MEIN VATER IST. ICH GLAUBE, DAS MEINTE ER MIT „IN EINER ANDEREN FORM WEITERLEBEN"...

HMMM... DAS WIRD KOMPLIZIERT...
MAL SEHEN... EGOS ENTHÄLT DIE SUMME DER GANZEN MENSCHHEIT, GENAUSO WIE DEN VERSTAND VON DR. HIGURE, ALSO...
EGOS
MENSCHHEIT
DR. HIGURE
DAS HEISST... HMMM.
PASS AUF... WIR KÖNNEN ANNEHMEN, DASS ES DEIN VATER WAR, DER DICH TREFFEN WOLLTE. UND DER DIR SAGTE, VOM SEE ZU FLÜCHTEN, RICHTIG?
RICHTIG!
UNTERM STRICH: EGOS IST WOMÖGLICH BRANDGEFÄHRLICH. ES KÖNNTE AUF DEM BESTEN WEG SEIN, ZUM GRÖSSTEN FEIND DER MENSCHHEIT ZU WERDEN, NICHT WAHR?
ICH VERSUCH' NOCH EINMAL, MEINEN VATER IM INNERN VON EGOS ZU ERREICHEN!
VIELLEICHT KANN ICH HERAUSFINDEN, WAS IN DEM TEIL DER DATEI „A" STAND, DEN EGOS GELÖSCHT HAT!
VIELLEICHT WAR ES ETWAS, VON DEM EGOS NICHT WOLLTE, DASS MENSCHEN ES SEHEN...

VERSION 2.1

VERSION 2.2

VERSION 2.3

VERSION 2.4

VERSION 2.5

VERSION 2.6

VERSION 2.7

VERSION 2.8

VERSION 2.9

SPLASSH
JUHUUH!
RENT !!
SURFBOARDS
KNCH
?

HIER IST „ONKEL BEN". WIR SIND AUF GREEN ISLAND ANGEKOMMEN, 65 MEILEN VON CAIRNS ENTFERNT... ENDE.
HIER KURSIERT DAS GERÜCHT, DASS EINE MEERJUNGFRAU GESICHTET WURDE, DIE SICH AM STRAND SONNTE.
農
ES GIBT NUN ALSO SCHON MEHRERE BERICHTE ÜBER SICHTUNGEN VON MEERJUNGFRAUEN IM GEBIET DES BARRIER RIFFS.
SIE MEINEN, DASS DER BIOCHIP IRGENDWO DORT DRAUSSEN RUMSCHWIMMT...?
SPLSSH
HÄ, HÄ, HÄ ...
DEM HAUPTQUARTIER NACH ...
... WURDE EINE NOTIZ IM APARTMENT VON SHIRO OSAWAGI, EINEM FRÜHEREN MITGLIED DES BIOCHIP-PROJEKTS, GEFUNDEN, DIE BESAGTE, DASS...
... „DER BIOCHIP ZU EINER MEERJUNGFRAU WURDE."
ICH BIN NICHT ÜBER DIE EINZELHEITEN INFORMIERT, ABER WIR HABEN DEN AUFTRAG, JEDEM BERICHT NACHZUGEHEN, DEN WIR ÜBER MEERJUNGFRAUEN ERHALTEN.

WAS MEINEN SIE, WOHIN HIGURES TOCHTER UND DER DETEKTIV VERSCHWUNDEN SIND, NACHDEM SIE IHREN JEEP AM TORRENS-SEE ZURÜCKLIESSEN, BOSS?
HEH, BOSS! HEH!!
WAS? OH, JA... ES SCHEINT, WIR SIND EIN BISSCHEN ZU SPÄT GEKOMMEN...
ABER DAS „LANGKORN"-TEAM VERFOLGT OSAWAGI. ICH BIN SICHER, DASS ER SIE SCHLIESSLICH ZU IHNEN FÜHREN WIRD.
WOAAH! DAS WASSER WIRD EISKALT!
!!
WAAAHH! MAMI!!

BRRR! WAS FÜR EIN KALTER WIND!
HEH!
WAS ZUM ...?
IIHHH!
OORK
ORK
ORNK
EINE HERDE WALRÖSSER!
UND ROBBEN!
ARK ARK
ORK OORK
OORNK

SPLSSH
?
LASST UNS ZUM RIFF RAUSFAHREN.
PING-
PINGUINE ??!
SKRIIHH!
KRIIH!
SKRIEEH! KRIIH!

HIER SCHNELL-BOOT ZWEI. ES SCHEINT, ALS WÜRDE EINE KALTWASSER-STRÖMUNG INS GROSSE BARRIER RIFF FLIESSEN.
DIE FOLGE IST EINE ABKÜHLUNG DER LUFT UND GEWITTER-WOLKEN!
HIER SCHNELL-BOOT FÜNF. EINE WEITERE KALTSTRÖMUNG FLIESST VON NORDEN HER HEREIN.
PIEP
HIER HELIKOPTER DREI. DIE KALTEN UND WARMEN STRÖMUNGEN STOSSEN AUFEINANDER UND ERZEUGEN STRUDEL!
N
DANN TREIBEN DIE MEERESSÄUGER ALSO MIT DEN STRÖMUNGEN VON ÜBERALL HIERHER ...
BEEP
KLIK
TAK
TAKA
TAK
WAS KANN DIESE VERÄNDERUNGEN DER STRÖMUNGEN VERURSACHT HABEN?
ANALYSE DER URSACHE VERÄNDERTER MEERESSTRÖMUNGEN LÄUFT. BITTE WARTEN.......
PIEP
KLICK
<ÜBERPRÜFE>
- PASSATWINDE
- WESTWINDE
- LUFTTEMPERATUR
- ERDROTATION
- SALZGEHALT DES MEERES
- WEITERES
N
1
Swain Riffe
SCHNELLBOOT EINS IST AM ÖSTLICHEN RAND DER SWAINRIFFE. DORT WERDEN DIE STRUDEL IMMER GRÖSSER ...

KIIII!
KKIIIK!
HIER SCHNELLBOOT EINS! DIE SEE WIRD HIER GANZ SCHÖN RAUH!
BOOWH
KIIII!
KKIIIK!
SPASSH
ALS FÄNDE EINE MEERES-SHOW STATT! DIE VIECHER DREHEN VÖLLIG DURCH!
SKIIH! KIIH KIIH!

WAAHHH!
WHBLOOSH!!
KIIH!
SKRIIH! KRIIHH!
SPLUSCH
KIIIHK!
SCHWARZES ECHO, SIR! DIE ZUSTÄNDE HIER NEHMEN ALLMÄHLICH GEFÄHRLICHE AUSMASSE AN. WIR SOLLTEN BESSER VERSCHWINDEN!
BEI DIESEN VERHÄLTNISSEN KÖNNEN WIR NICHT EINMAL DEN SONAR BENUTZEN, UM NACH EGOS ZU SUCHEN!

PIEP
ANALYSE BEENDET. URSACHE DER STRÖMUNGSWECHSEL: SCHALLWELLEN.
SCHALL-WELLEN ?! WAS ZUM TEUFEL ... ?!
WAS VERUR-SACHT SIE ?!
TACK TACKA TACK
VREEE
SCHWARZES ECHO, SIR! WIR KÖNNEN DAS MEER NICHT EINMAL MEHR SEHEN! DA IST SO VIEL SCHAUM!
BITTE WARTEN...
HIER HELI-KOPTER EINS. WIR HABEN EINE ART TIER GESICH-TET!
!!
ES BEWEGT SICH MIT UNGLAUBLICHER GESCHWINDIGKEIT FORT... ÜBER 300 STUNDEN-KILOMETER!!
ES IST JETZT 100 KILOMETER SÜDLICH DER SWAIN-RIFFE!
ES TAUCHTE PLÖTZLICH AUF UND BEWEGT SICH RICHTUNG NORDEN!
WHSSHH

300 KM/H ... DAS MUSS EGOS SEIN !!
ES MUSS AUSSER SONAR-REICHWEITE GEWESEN SEIN !! VERLIERT ES JETZT NICHT !!
WIR KONNTEN EIN KLARES BILD MIT DEM DETEKTOR FÜR MAGNETISCHE ANOMALIEN EINFANGEN ...
... ES MUSS EIN SEHR STARKES MAGNETISCHES FELD AUSSTRAHLEN ! ES BEWEGT SICH JETZT AM RAND DES RIFFS !
00:00:45
318km/h
ALLE HELIKOPTER UND BOOTE IN RICHTUNG SWAIN-RIFFE ! WECHSELT IN EISEN-RING-FORMATION !!
RMBB RMBB
DIESMAL FANGEN WIR ES, DAS SCHWÖRE ICH !
BRMM
VWHOOOSHH
00:01:54
325km/h
AUF DER COMPUTER-VERGRÖSSERUNG KANN MAN SO ETWAS WIE EINEN PROPELLER AM ENDE ERKENNEN !

ES TAUCHT !
UND ES VERLÄSST DIE REICHWEITE DES SONARS!
SCHEISSE! SIEHT AUS, ALS HÄTTEN WIR ES VERLOREN...
WA... ?!
WHUP WHUP WHUP
AAHH-HHHHH
WHUP WHUP WHUP...

BKOOM
SPLSSHH
FWHOOSHH
AAHHRGG!

ER VATER VATER VATER VATER VATER
ER VATER VATER VATER VATER VATER
ER VATER VATER VATER VATER VATER
R VATER VATER VATER VATER VATER
R VATER VATER VATER VATER VATER
R VATER VATER VATER VATER VATER
R VATER VATER VATER VATER VATER
R VATER VATER VATER VATER VATER
KEINE ANTWORT ...
JE NÄHER WIR DEM BARRIER RIFF KOMMEN, DESTO RAUHER WIRD ES ...
ÖRKS
UUHHG
JAAAHH, HAR, HAR, HAR
... SELBST DIE WELLEN ERHEBEN SICH ZUR FEIER!
FWAP
FWAP
WHOAA! KOMMST DU WOHL HIERHER!

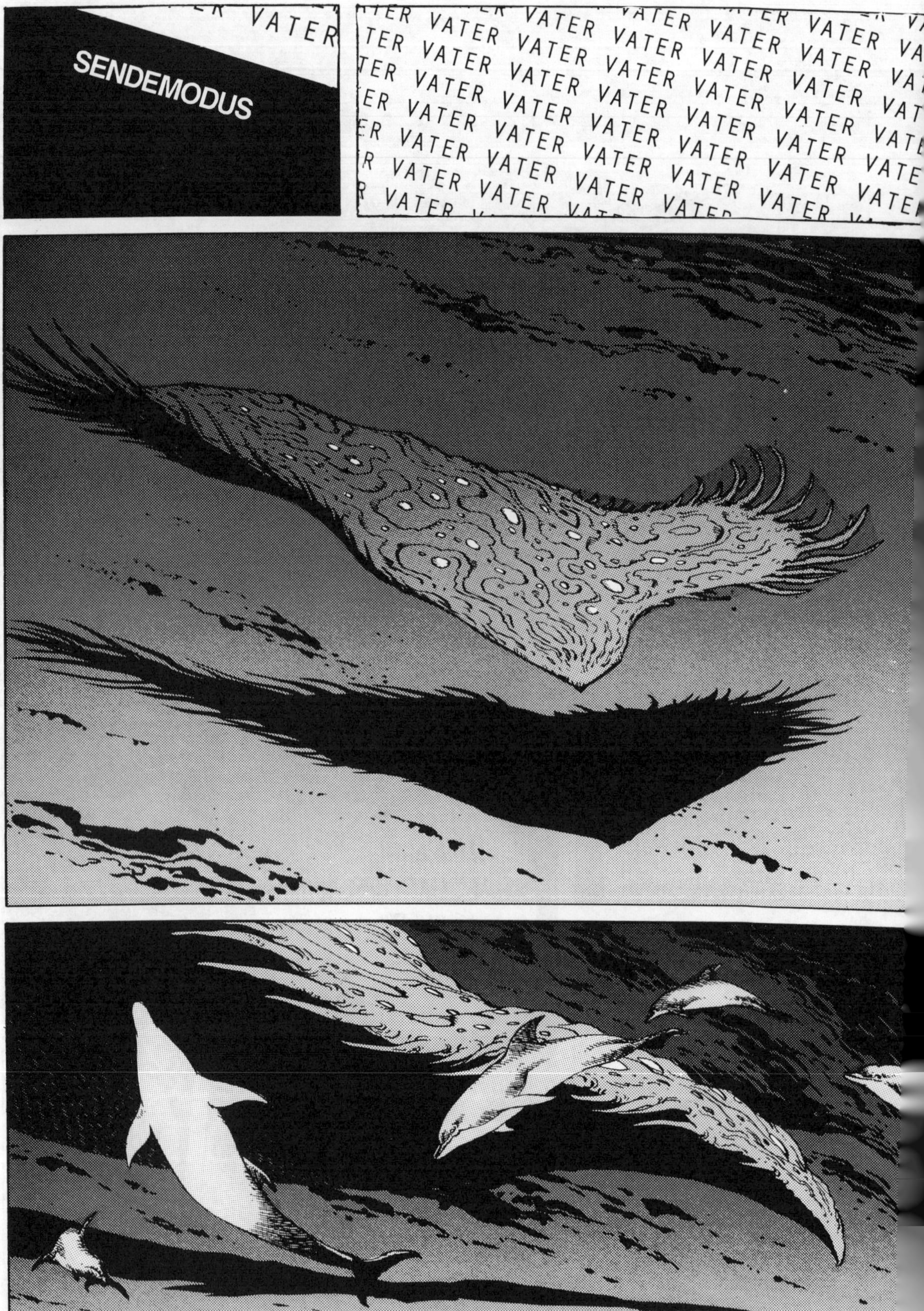
VATER
SENDEMODUS
VATER VATER VATER VATER
VATER VATER VATER VATER
VATER VATER VATER VATER
VATER VATER VATER VATER
VATER VATER VATER VATER
VATER VATER VATER VATER
VATER VATER VATER

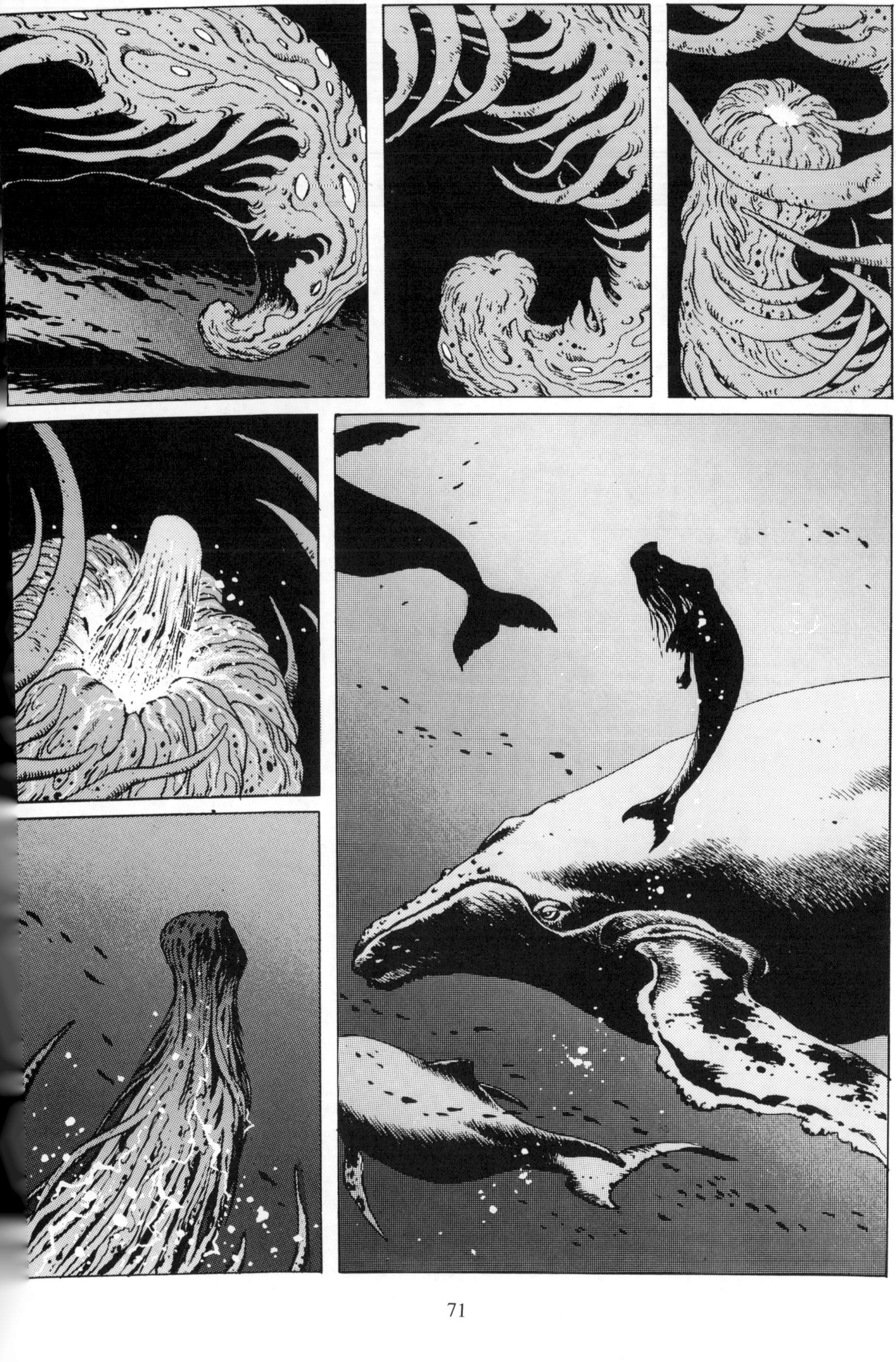

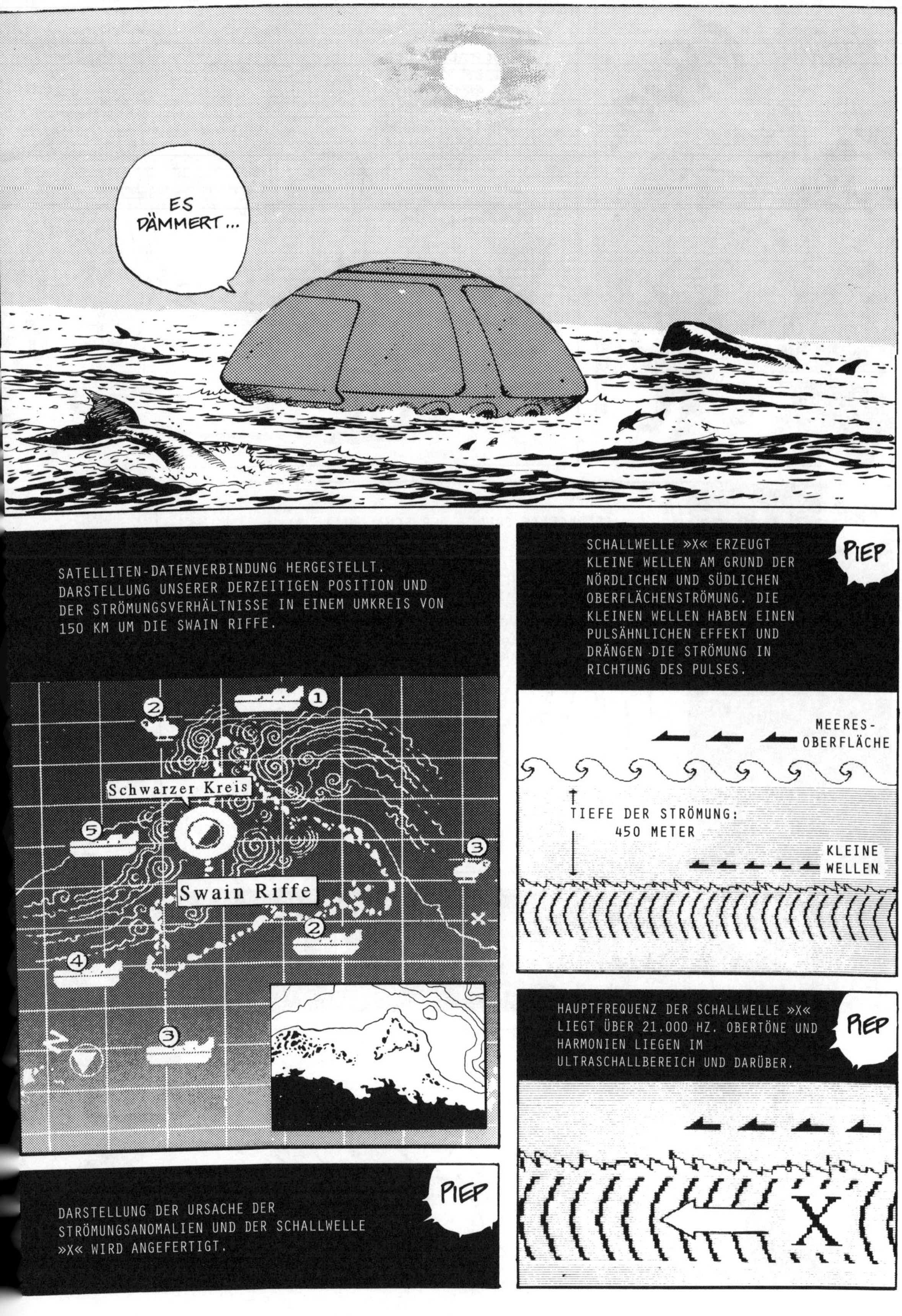
ES DÄMMERT ...
SATELLITEN-DATENVERBINDUNG HERGESTELLT. DARSTELLUNG UNSERER DERZEITIGEN POSITION UND DER STRÖMUNGSVERHÄLTNISSE IN EINEM UMKREIS VON 150 KM UM DIE SWAIN RIFFE.
Schwarzer Kreis
Swain Riffe
DARSTELLUNG DER URSACHE DER STRÖMUNGSANOMALIEN UND DER SCHALLWELLE »X« WIRD ANGEFERTIGT.
PIEP
SCHALLWELLE »X« ERZEUGT KLEINE WELLEN AM GRUND DER NÖRDLICHEN UND SÜDLICHEN OBERFLÄCHENSTRÖMUNG. DIE KLEINEN WELLEN HABEN EINEN PULSÄHNLICHEN EFFEKT UND DRÄNGEN DIE STRÖMUNG IN RICHTUNG DES PULSES.
PIEP
MEERES-OBERFLÄCHE
TIEFE DER STRÖMUNG: 450 METER
KLEINE WELLEN
HAUPTFREQUENZ DER SCHALLWELLE »X« LIEGT ÜBER 21.000 HZ. OBERTÖNE UND HARMONIEN LIEGEN IM ULTRASCHALLBEREICH UND DARÜBER.
PIEP
X

TSCHAK
GRRR...
EINE SCHALLWELLE ÜBER 21.000 HERTZ? MIT OBERTÖNEN, DIE NICHT EINMAL GEMESSEN WERDEN KÖNNEN?
PIEP PIEP KUCK
PIEP
QUELLE DER SCHALLWELLE »X« SCHEINT DREI AUDIOSIGNALE GLEICHZEITIG ZU ERZEUGEN, DIE EIN KOMPLEXES MUSTER AUS INTERFERENZEN MIT EINEM VERSTÄRKER-EFFEKT IM KERN BILDEN. SCHALL »X« ENTHÄLT KOMPLEXE HARMONIEN UND BESTEHT AUS MEHREREN PHRASEN, DIE IN VARIIERENDEN FREQUENZEN WIEDERHOLT WERDEN.
GEFOLGERTE QUELLE DER SCHALLWELLE »X«
WELLEN-ERZEUGUNG
UND DAS BEDEUTET ?!
TAK TAK
DIES IST EIN »LIED«
EIN LIED ?!

WHD
IIIIHH!
ICH HÖRE KEIN LIED.
WER SINGT? UND WO?
TACKA TACK TACK
SPANNWEITE MENSCHLICHEN HÖRENS LIEGT ZWISCHEN 10 UND 20.000 HERTZ. SCHALL »X« LIEGT IM ULTRASCHALLBEREICH UND IST DAHER FÜR MENSCHEN NICHT HÖRBAR. DA SCHALL »X« DERZEIT NICHT ERZEUGT WIRD, KANN QUELLE NICHT ERMITTELT WERDEN.
WHB
EIN LIED, DAS VON MENSCHEN NICHT GEHÖRT WERDEN KANN...

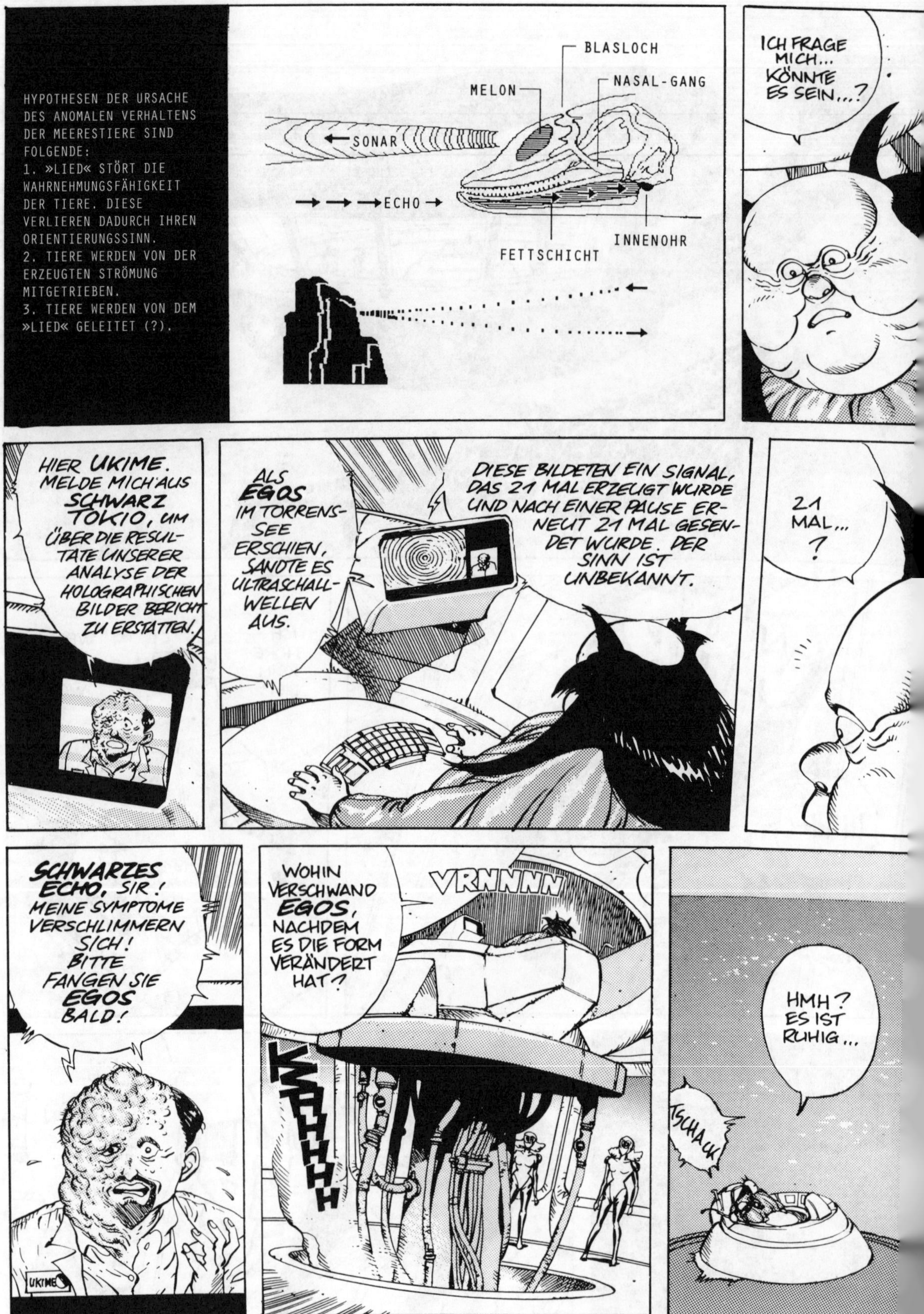
HYPOTHESEN DER URSACHE DES ANOMALEN VERHALTENS DER MEERESTIERE SIND FOLGENDE:
1. »LIED« STÖRT DIE WAHRNEHMUNGSFÄHIGKEIT DER TIERE. DIESE VERLIEREN DADURCH IHREN ORIENTIERUNGSSINN.
2. TIERE WERDEN VON DER ERZEUGTEN STRÖMUNG MITGETRIEBEN.
3. TIERE WERDEN VON DEM »LIED« GELEITET (?).
BLASLOCH
MELON
NASAL-GANG
SONAR
ECHO
INNENOHR
FETTSCHICHT
ICH FRAGE MICH... KÖNNTE ES SEIN...?
HIER UKIME. MELDE MICH AUS SCHWARZ TOKIO, UM ÜBER DIE RESULTATE UNSERER ANALYSE DER HOLOGRAPHISCHEN BILDER BERICHT ZU ERSTATTEN.
ALS EGOS IM TORRENSSEE ERSCHIEN, SANDTE ES ULTRASCHALLWELLEN AUS.
DIESE BILDETEN EIN SIGNAL, DAS 21 MAL ERZEUGT WURDE UND NACH EINER PAUSE ERNEUT 21 MAL GESENDET WURDE. DER SINN IST UNBEKANNT.
21 MAL...?
SCHWARZES ECHO, SIR! MEINE SYMPTOME VERSCHLIMMERN SICH! BITTE FANGEN SIE EGOS BALD!
UKIME
WOHIN VERSCHWAND EGOS, NACHDEM ES DIE FORM VERÄNDERT HAT?
VRNNNN
KRRRHHHH
HMH? ES IST RUHIG...
TSCHACK

SCHAUT! DAS RIFF!!

DAS IST WIRKLICH EIN „GROSSES" BARRIER RIFF, WAS?
DAS IST NUR DER SÜDLICHE RAND..., DU HAST NOCH GAR NICHTS GESEHEN!
KEINE SPUR VON DEN WALEN UND DELPHINEN. VIELLEICHT SCHWIMMEN SIE IN DEN TIEFSTEN TIEFEN...
SAGEN SIE MAL, KÄPT'N, WIE WOLLEN SIE DIE NIXE EIGENTLICH FINDEN?
AHRR! HABEN SIE DIR IN DER SCHULE DENN NICHTS BEIGEBRACHT, BÜRSCHCHEN?
OOH! SCHAUT NUR!

ES IST DOCH ALLGEMEIN BEKANNT, DASS MEERJUNGFRAUEN BEERENTANG LIEBEN!
TATSÄCHLICH? SIE MEINEN, DASS SIE DAS RIECHT UND DANN ANGEPADDELT KOMMT?
BEI GOTTES NIERENSTEINEN, HIER IST ES SELTSAM RUHIG...
JUHUUH!
SPASSH
DAS WASSER WÄRMT SICH WIEDER AUF. ICH WERDE UNS WAS ZUM MITTAG FANGEN!
PIEP
DEIN VATER ...?
NEIN, ES IST HERR OSAWAGI.
PIEP
LIEBE EIKO,
WIR HABEN PUNKY GEFUNDEN. ER HATTE SICH IM JEEP VERSTECKT, DEN SIE AM TORRENS-SEE ZURÜCKLIESSEN. ER KAM PROBLEMLOS MIT, ALS ER IHRE VERMIETERIN SAH. PUNKY UND ICH HABEN GERADE DEN FLUGHAFEN VON CAIRNS ERREICHT.
EMPFANGSMODUS
OH, PRIMA! PUNKY IST IN SICHERHEIT!

PIEP
ICH HABE EIN PAAR SCHLECHTE NACHRICHTEN. JEMAND HAT SICH IN DEN GROSSRECHNER DER UNIVERSITÄT GEHACKT UND MEIN SIMULATIONSPROGRAMM ZERSTÖRT, MIT DEM ICH ZU BEWEISEN HOFFTE, DASS IHR VATER NOCH AM LEBEN IST.
EMPFANGSMODUS
MEINST DU, DASS ES EGOS WAR?!
ES MUSS DIE NACHRICHTEN ZWISCHEN OSAWAGI UND MIR GELESEN UND SICH IN DEN COMPUTER DER UNIVERSITÄT EINGEKLINKT HABEN.
PIEP
SENDEMODUS
Lieber Herr Osawagi, die »Gedanken« meines Vaters leben in EGOS fort. Ich habe vor ein paar Tagen eine Nachricht von ihm erhalten!
PIEP
SENDEMODUS
Wir sind derzeit an Bord eines Schiffes namens »Totenkopf« und segeln Richtung Norden durch den Capricorn Kanal. EGOS ist irgendwo in diesen Riffen!
DR. HIGURE LEBT... IM INNERN VON EGOS... MEINE ANNAHME WAR RICHTIG!
DER CAPRICORN KANAL, ÄHM... NAHE DEN SWAIN-RIFFEN...
UOK! KREE!
THDD
WHMP
SCHHHH! NUR NOCH EIN BISSCHEN... SO MÜSSEN WIR NICHT DEN GANZEN BÜROKRATISCHEN AUFWAND BETREIBEN, UM DICH MITZUNEHMEN.
BOEING 747
SMAK

<FLIGHT 005 NOW BOARDING...>
SCHÄTZE, ICH MIETE BESSER EINEN PRIVATFLIEGER...
SIE SEGELN ALSO RICHTUNG NORDEN DURCH DEN CAPRICORN KANAL...
„LANGKORN" AN „ONKEL BEN"...!
VRMMMM
KIIIKH!!
„LANGKORN" HAT EIKO HIGURE UND DEN DETEKTIV AUFGESPÜRT!
FAHR NACH SÜDEN, ZUM CAPRICORN KANAL!
VRMMM

VERSION 2.1

VERSION 2.2

VERSION 2.3

VERSION 2.4

VERSION 2.5

VERSION 2.6

VERSION 2.7

VERSION 2.8

FÜNFZEHN MANN AUF DES TOTEN MANNS KISTE...
YO-HO-HO UND 'NE BUDDEL VOLL RUM!
KÄPT'N! ERZÄHLEN SIE UNS MEHR ÜBER DIE GOLDENE MUSCHEL. HAT DIE MEERJUNGFRAU NICHT NOCH MEHR ERZÄHLT?
JAU. ICH WÜNSCHTE, DIE NIXE, DIE ICH GETROFFEN HABE, HÄTTE EINEN TEINT „WIE MARMOR" GEHABT... SO WIE IHRE!
WAS? WILLST DU DAMIT SAGEN, DASS DU AUCH EINE MEERJUNGFRAU GESEHEN HAST?
WIE KLANG DENN DIE STIMME DER MEERJUNGFRAU?
STIMME? IHRE STIMME, ÄHM... HMM... BEIM BLUTE GOTTES, ICH KÖNNTE SCHWÖREN, DASS ICH IHRE STIMME AN JENEM TAG GEHÖRT HABE, ABER IHREN MUND BEWEGTE SIE NICHT DABEI. ICH GLAUBE, ICH SAH AUCH, WIE BLASEN ZWISCHEN IHREN SCHUPPEN AUFSTIEGEN...
UND ES SCHIEN MIR, ALS SÄNGE SIE EIN LIED...
EIN LIED?
UND DER TITEL WAR WAHRSCHEINLICH „DIE GOLDENE MUSCHEL", WAS? HÄ, HÄ...

„GOLDENE MUSCHEL" KLINGT IRGENDWIE COOL... ALS WÜRDE ES DEN WEG ZU EINER VERSUNKENEN SCHATZTRUHE WEISEN, RANDVOLL MIT GOLD UND SILBER, ODER SO ÄHNLICH...
WHSSH
BEEIN-DRUCKENDE EINBIL-DUNGSKRAFT, BÜRSCH-CHEN!
ACH, KOMMEN SIE... SIE DENKEN DOCH DAS GLEICHE. GANZ LOCKER... WAS HALTEN SIE VON 30% FÜR MICH UND 70% FÜR SIE?
GURK!
UND WAS HÄLTST DU VON 100% FÜR MICH UND NICHTS FÜR DICH?
ÄHM... OKAY... SIE SIND DER KÄPT'N...
HEEHH! SEHT EUCH DAS AN. DIE KORALLEN SIND WUNDER-SCHÖN HIER!
ICH FÜHL' MICH IMMER NOCH SEE-KRANK...
DAS SOLLTE WOHL ALS BADEANZUG DURCHGEHEN! ES MACHT IHNEN DOCH NICHTS AUS, ODER?
OI!! DAS IST UNSERE ERSATZ-FLAGGE!

MACHEN SIE SICH DARUM KEINE SORGEN, KAISER DER MEERE !
WO-WO-WOAHH !!
BOOOMH
OOOH ! IST DAS SCHÖN !

KAUM ZU GLAUBEN, DASS DIES DIE ARBEIT VON EIN PAAR WINZIGEN POLYPEN IST...
DIE FARBEN VERÄNDERN SICH MIT DEM LICHT...
SO VIELE FARBEN UND FORMEN... ALS WÜRDE MAN DURCH EIN KALEIDOSKOP DES LEBENS SEHEN...

< NA DENN, KÄPT'N, SIEHT SO AUS, ALS HÄTTE DIE NIXE DICH MIT IRGENDEINEM HINTERGEDANKEN AUSGESUCHT, WAS ...? >
<VIELLEICHT WEIL DU EIN FISCHER BIST...>
?
< MIT ANDEREN WORTEN, EIN DIEB DER MEERE, HÄ, HÄ ... OBWOHL ICH GESTEHEN MUSS, DASS ICH DEN KRAM GERN VERPUTZE, DEN DU FÄNGST... >
< ACH, EGAL ... AUF JEDEN FALL SIND DIE MENSCHEN FRISCHLINGE AUF DIESEM PLANETEN. ES GIBT FISCHE, TIERE UND PFLANZEN, DIE SCHON LANGE VOR DEN MENSCHEN AUFTAUCHTEN. >
< UND ALL DIESE ANSPRÜCHE, AMERIKA ODER AUSTRALIEN „ENTDECKT" ZU HABEN... INDIANER UND ABORIGINES HABEN DORT SCHON LANGE GELEBT, WIE MICH EIKO STÄNDIG BELEHRT. >
TACK
TACK TACK
< WEIL WIR SO MÄCHTIG CLEVER SIND, HERRSCHEN WIR ÜBER ALLE LEBENDEN WESEN ... >
BEEP
N
W
E
S
< RISSE ENTSTEHEN IM GEFÜGE DER WELT... IN DER LUFT, IN DEN BERGEN UND OZEANEN DER ERDE. UND ALLES, SCHEINT'S, WEGEN DER MENSCHEN...>
< EIKO MEINT, DASS WIR JETZT WOHL CLEVERER GEWORDEN SIND, ALS GUT FÜR UNS IST. GAIA, DIE ERDGÖTTIN, IST KRANK GEWORDEN UND KÖNNTE SOGAR STERBEN ...>

WARUM SPRICHST DU NICHT DEUTSCH, DU QUASSELMAUL?
<WAS? WAS WILLSTE? WENN DU MIT MIR SPRECHEN WILLST, SPRICH JAPANISCH!>
<DU GROSSE FETTE, SCHMIERIGE DUMPFBACKE!>
HAA, HAA, HAA!
?
FFUUHH!
WAS MEINST DU, WIE VIELE VERSCHIEDENE ARTEN WOHL ENTWORFEN WORDEN SIND, SEIT LEBEN AUF DIESEM PLANETEN ENTSTAND?
KREEAA
SKREEE
„ENTWORFEN"...?
JEDE ERSCHEINUNGSFORM VON LEBEN WIRD VON GENEN BESTIMMT, WEISST DU?
SKREE
MENSCHEN AUCH?
ALLERDINGS.
UNSER GENETISCHES PROGRAMM WAR LANGE ZEIT IN ARBEIT. UM DIE MENSCHLICHE RASSE ZU ENTWERFEN...
BEEP BEEP BEEP

E-ES IST HIER!
EGOS IST HIER ... DIREKT UNTER DEM BOOT. KOMMT SCHNELL AN BORD!
„EGOS“ ...?
DIE MEER-JUNG-FRAU!
EIKO! KOMM ZURÜCK!!
SPLSSH
!

VERDAMMICH, SIE IST ES, NACH ALL DER ZEIT! HIER, NIMM ETWAS BEEREN-TANG!
SPLSSH
HHFFFF FFFHHH

BLBB
BRBLB BLBB BLBB
A-ALLMÄCHTIGER! DIESES WESEN SIEHT SO GAR NICHT NACH MEINER SCHÖNEN MEERJUNGFRAU AUS! UND ES IST VIEL GRÖSSER!
ZUM GEIER, WER WEISS, WIE ES WIRKLICH AUSSIEHT!
DIE AUGEN GLÜHEN!
BEEP
SEHT!
EMPFANGSMODUS
DAS IST EINE KARTE DER SWAINRIFFE!
UND EINE SEEMUSCHEL! IST DAS DIE „GOLDENE MUSCHEL“?!
DAS KEYBOARD IST BLOCKIERT!
TAK TAKKA TAK
那是什公?!
WAS DAS SEIN?!

WAS IN ALLER WELT ?!
TAKKA TAK TAK
MEINE KONSOLE FUNKTIONIERT NICHT! IRGEND JEMAND HAT MEINEN COMPUTER ÜBERNOMMEN, UM DIES ZU ÜBERMITTELN!
HIER SCHNELLBOOT EINS! WIR KRIEGEN AUCH DIE SWAINRIFFE UND EINE SEEMUSCHEL AUF UNSEREN MONITOR!
GILT AUCH FÜR BOOT ZWEI!
UND BOOT DREI!
BOOT VIER AUCH!
BOOT FÜNF. HIER AUCH!
HELIKOPTER ZWEI GENAUSO!
UND HELIKOPTER DREI!
BLRB BBLB
BLBB BLBB

MEIN GOTT!
SPLASHHH
WHSSSH
KBLOOSH
VIELLEICHT IST ES IHR GEIST! HART BACKBORD... IHR NACH!
AYE-AYE!
KANN SIE NICHT SEHEN MEHR!
BRMMMM
WHSSHHH
SIE WILL ZU DEN SWAIN-RIFFEN! VOLLE KRAFT!

PIEP
MPFANGSMODUS
JETZT WERDEN DIE SYMBOLE FÜR MÄNNLICH UND WEIBLICH GEZEIGT.
UND EIN APFEL... WAS KÖNNTE DAS BEDEU-TEN...?
WAS SOLL...?!
PIEP
<LÖSCHEN>
„LÖSCHEN"...?

WIR SEGELN SCHON SEIT EINER STUNDE, KÄPT'N.
BRMMMMM
WIR HABEN DIE SWAINRIFFE BALD ERREICHT...
YAHUUU! SEHT EUCH DAS AN!
VER-SENK MICH!
VIELLEICHT VERANSTALTEN SIE EINE PARTY, UM DIE ANKUNFT DES KAISERS DER MEERE ZU FEIERN... HE, HE, HE...
...
KIIH
SKEE
KIIIK
KIIIK
KIIH KIIH
JAR, HAR, HAR... BEI DEN EIERN LUZIFERS, BALD SCHON WERDEN WIR DIE GOLDENE MUSCHEL SEHEN. MACHT DEN KRAN UND MEINEN TAUCHERANZUG FERTIG, VERFLUCHT NOCH MAL!

* TSUNAMI: JAP. FLUTWELLE, VON SEEBEBEN ERZEUGT

HIER SCHNELLBOOT EINS! WIR VER-SCHWINDEN!
SCHNELL!
HIER HELI-KOPTER ZWEI! WIR HABEN EGOS BEI DER QUELLE DER SCHALLWELLE GESICHTET!
KRAK
WA...?
SKRASSH
AAAHHH!
WHUP WHUP WHUP

WIR SCHAFFEN'S NICHT!
AAAAHHH!

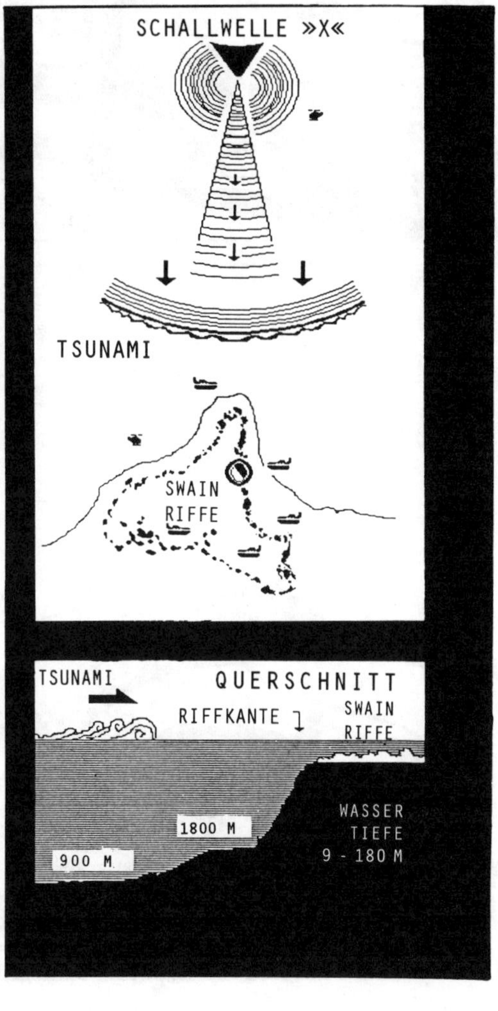
SCHALLWELLE »X«
TSUNAMI
SWAIN RIFFE
TSUNAMI
QUERSCHNITT
RIFFKANTE
SWAIN RIFFE
WASSER TIEFE 9 - 180 M
1800 M
900 M

HMM... DAS RIFF FÄLLT AN SEINER KANTE PLÖTZLICH AUF 900 M TIEFE AB...
WAS HAT EGOS VOR...?!
GRRRHH!
SCHWARZES ECHO, SIR! WENN WIR DEN SCHWARZEN KREIS NICHT SOFORT IN BEWEGUNG SETZEN, WERDEN WIR AUCH VON DER FLUTWELLE ERFASST!
PIEP PIEP
DIE MEERESTIERE SENDEN JETZT EBENFALLS ULTRASCHALLWELLEN AUS.
...?
BLOOM!
KRIII KIIH
?

KÄPT'N! SEE MACHT GROSSEN KRACH... SCHLECHTES OMEN! WIR JETZT GEHEN, JA?
HAR, HAR! GANZ GEWISS NICHT!! DIES IST NICHTS ANDERES ALS EIN WILLKOMMENSGRUSS DER SEE UND ALL IHRER BEWOHNER!!
WHUD
WOOAHH!
KBLOOSH
AAAHH!
SPLISSHH
DAS IST EIN ZIEMLICH RÜDES WILLKOMMEN!
HA, HA, HA, HA!

PIEP
WHDD
FAST HÄTT'S MICH WEG-GESPÜLT!
WHDD
PFUHH...
WOAH. DAS IST KLASSE! BUCKELWALE, BLAUWALE, TÜMMLER, BELUGAS, GRAUWALE, DELPHINE, MÖRDERWALE... WOAH!
BLOOSH
PIEP PIEP
HEEH, SIEH MAL! SIE SCHWIMMEN ALLE IN DIE GLEICHE RICH-TUNG...

?
T-T-T-T-TSUNAMI!!
RMBBB
SIE STEUERN AUF DIE WELLE ZU?!
RMBBB

RMBB
AAH!
DIE WELLE BRICHT!
SKRIIIIK
KIIH KHIIK
SKEE
KEE
KEEE
RMBBB
MEIN GOTT!
DIE WELLE BRICHT SICH AM RAND DES RIFFS UND SCHLEUDERT EINE SÄULE AUS GISCHT IN DIE LUFT!
DIE SPITZE DES RIFFS BRINGT SIE ZUM DREHEN, MACHT DAS GANZE ZU EINEM WIRBEL!! VÖLLIG UNGLAUBLICH...

WOAH! DAS SIEHT WIE EIN MUSCHEL-GEHÄUSE AUS!!
DAS IST ES!! DIE GOLDENE MUSCHEL!!
HIER UNTEN MUSS DER SCHATZ SEIN. IHR KÖNNT MICH VER-SENKEN, FALLS NICHT!
EMPFANGSMODUS
PIEP
WHOOOHHH

GLITZERND IM LICHT DER SONNE STIEG DIE GOLDENE SPIRALE LANGSAM IN DIE LUFT. DIE STIMMEN DER WALE UND DELPHINE, DIE SICH VERSAMMELT HATTEN, VEREINTEN SICH, UND EIN WUNDERBARER KLANG ERFÜLLTE DEN GANZEN HIMMEL.

SCHLIESSLICH VEREBBTE DER GESANG. IN DER STILLE SCHIMMERTE DIE MUSCHEL WIE EINE FATA MORGANA...
ES SINGT IMMER NOCH DIESES LIED, EIN LIED, DAS WIR NICHT HÖREN KÖNNEN...
EGOS... ES SCHICKT UNS EIN ZEICHEN... WARUM NICHT IN WORTEN? WAS WILL ES SAGEN? IST ES UNSER FEIND? ODER...

NACH EIN PAAR MINUTEN VERSCHWAND DIE „GOLDENE MUSCHEL"...
GENAUSO PLÖTZLICH WAREN DIE WALE UND DELPHINE VERSCHWUNDEN, UND DAS KORALLENRIFF LAG RUHIG UNTER DEN WELLEN.
EIKO UND HAPPO VERLIESSEN DIE TOTENKOPF UND KEHRTEN IN SHIRO OSAWAGIS GECHARTERTEM FLUGZEUG NACH CAIRNS ZURÜCK. AUS DER LUFT SAHEN SIE DEN SCHIMMER VON FLUORESZIERENDEM PLANKTON TIEF IM MEER UNTER IHNEN.
ES WAR WIE EINE ART SPEKTAKULÄRES FESTSPIEL DER NATUR ...
UOK! WUUK!
SPLISSHH
JA, IN DER TAT... UND DIE SHOW HATTE EINE BEEINDRUCKENDE BESETZUNG.

PHOSPHORESZIERENDE EINZELLER, KORALLEN... MENSCHEN, DIE VOR LANGER ZEIT AUS DEM MEER KAMEN, UM ÜBER DAS LAND ZU HERRSCHEN... UND MEERESSÄUGETIERE, DIE DAS LAND VERLIESSEN, UM INS MEER ZURÜCKZUKEHREN...
UND DER BIOCHIP EGOS, DER ALS EINZIGER NICHT DURCH DIE GENETISCHE PROGRAMMIERUNG GESCHAFFEN WURDE, DIE ALL DIE ANDEREN ENTWARF...
WISSEN SIE, ICH KANN EINFACH NICHT KAPIEREN, WAS EGOS FÜR MOTIVE HAT! ICH HAB' GANZ SICHER NIE EINEN FALL WIE DIESEN ERLEBT...
SIE SCHÄTZEN EGOS IMMER NOCH WIE EINEN GEWÖHNLICHEN KRIMINELLEN EIN, MR. MARLOWE.
ES IST JETZT EINEN MONAT HER... ICH FRAGE MICH, WOHIN EGOS DANACH VERSCHWAND.
KÄPT'N PEPI UND SEINE IRREN SIND IMMER NOCH IN DEN SWAINRIFFEN AUF SCHATZSUCHE.
DIE VERSAMMLUNG DER MEERESTIERE AM GROSSEN BARRIER RIFF REICHTE GERADE FÜR EINE MINIMELDUNG IN DEN NACHRICHTEN...
UND AUCH KEIN WORT MEHR VON MEINEM VATER...
FISCHSCHUPPEN ...SICH WIEDERHOLENDE MUSTER...

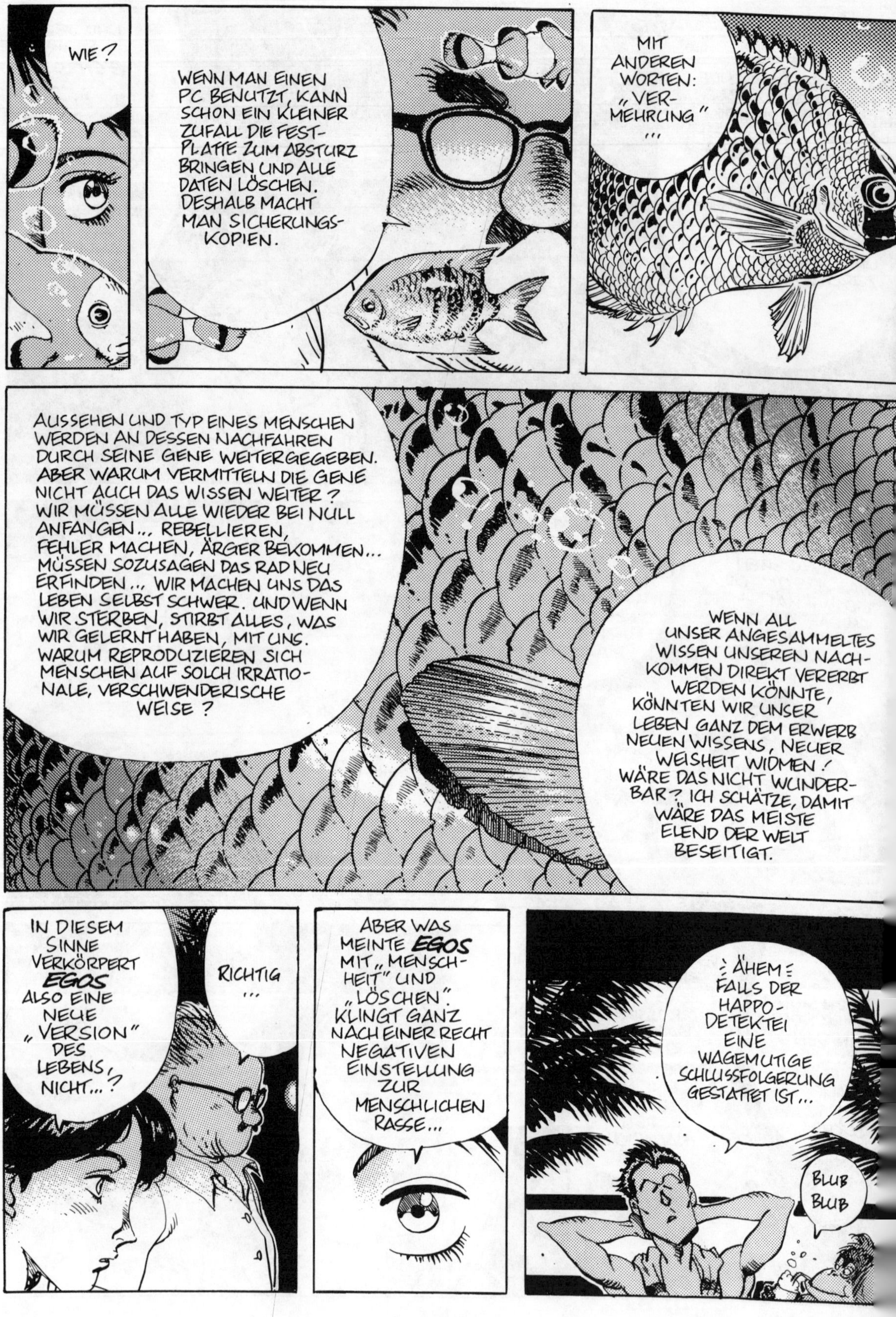
WIE?
WENN MAN EINEN PC BENUTZT, KANN SCHON EIN KLEINER ZUFALL DIE FEST-PLATTE ZUM ABSTURZ BRINGEN UND ALLE DATEN LÖSCHEN. DESHALB MACHT MAN SICHERUNGS-KOPIEN.
MIT ANDEREN WORTEN: „VER-MEHRUNG" ...
AUSSEHEN UND TYP EINES MENSCHEN WERDEN AN DESSEN NACHFAHREN DURCH SEINE GENE WEITERGEGEBEN. ABER WARUM VERMITTELN DIE GENE NICHT AUCH DAS WISSEN WEITER? WIR MÜSSEN ALLE WIEDER BEI NULL ANFANGEN..., REBELLIEREN, FEHLER MACHEN, ÄRGER BEKOMMEN... MÜSSEN SOZUSAGEN DAS RAD NEU ERFINDEN..., WIR MACHEN UNS DAS LEBEN SELBST SCHWER. UND WENN WIR STERBEN, STIRBT ALLES, WAS WIR GELERNT HABEN, MIT UNS. WARUM REPRODUZIEREN SICH MENSCHEN AUF SOLCH IRRATIO-NALE, VERSCHWENDERISCHE WEISE?
WENN ALL UNSER ANGESAMMELTES WISSEN UNSEREN NACH-KOMMEN DIREKT VERERBT WERDEN KÖNNTE, KÖNNTEN WIR UNSER LEBEN GANZ DEM ERWERB NEUEN WISSENS, NEUER WEISHEIT WIDMEN! WÄRE DAS NICHT WUNDER-BAR? ICH SCHÄTZE, DAMIT WÄRE DAS MEISTE ELEND DER WELT BESEITIGT.
IN DIESEM SINNE VERKÖRPERT EGOS ALSO EINE NEUE „VERSION" DES LEBENS, NICHT...?
RICHTIG ...
ABER WAS MEINTE EGOS MIT „MENSCH-HEIT" UND „LÖSCHEN". KLINGT GANZ NACH EINER RECHT NEGATIVEN EINSTELLUNG ZUR MENSCHLICHEN RASSE...
ÄHEM FALLS DER HAPPO-DETEKTEI EINE WAGEMUTIGE SCHLUSSFOLGERUNG GESTATTET IST...
BLUB BLUB

VIELLEICHT ZIEHT EGOS DAS OFFENE MEER DEM LAND MIT ALL SEINEN MENSCHEN VOR. VIELLEICHT HAT ES ENTSCHIEDEN, MIT SEINEN FEUCHTEN KUMPELS ZU LEBEN... UND WER WEISS, VIELLEICHT VERWANDELT ES SICH NUN IN EINE ECHTE MEERJUNGFRAU.
KSHAAA
WIR WERDEN WOHL KAUM DIE WAHREN MOTIVE ERFAHREN. ABER WENN MAN DARÜBER NACHDENKT, MACHT DAS ALLES SINN... VORAUSGESETZT, DASS EGOS WIRKLICH EIN „KOLLEKTIVES EGO" DER GANZEN MENSCHHEIT IST...
DIE ZIVILISATION, DIE DIE MENSCHEN MIT SOVIEL MÜHE AUFGEBAUT HABEN, BEDROHT DEN PLANETEN...
„MENSCHHEIT" UND „LÖSCHEN" IST DER ABSCHIEDSGRUSS VON EGOS! ES WIRD DAS WISSEN DER MENSCHEN MIT IN DIE TIEFSTEN TIEFEN DES MEERES NEHMEN... UND WIRD VERSUCHEN ZU VERGESSEN, WAS ES AN LAND GELERNT HAT...
SPLSHHH
NUN, VIELLEICHT SOLLTEN WIR EIN BISSCHEN WEITER DENKEN. WENN EINEN ETWAS STÖRT, KANN MAN SICH NATÜRLICH VON DER QUELLE DER STÖRUNG ENTFERNEN... ABER MAN KANN SIE AUCH VERNICHTEN.
UND SCHLIESSLICH IST DIE GESCHICHTE DIESES PLANETEN EINE GESCHICHTE DER AUSROTTUNG VON EINER SPEZIES NACH DER ANDEREN...
MENSCH UND ÜBERMENSCH...
„MENSCHHEIT" UND „LÖSCHEN" HEISST ALSO „MENSCHHEIT AUSLÖSCHEN", WIE? HA, HA, HA... DAS IST NUN WAHRLICH EINE HERBE SCHLUSSFOLGERUNG.
KOMMT MIT, HIER WIRD'S EIN BISSCHEN FRÖSTELIG. LASST UNS DRINNEN WEITERQUATSCHEN...
WUOK! KREE!